花山鸿儒文库 第一辑·小说卷

风中楼阁

周 伟 著

花山文艺出版社

河北·石家庄

图书在版编目（ＣＩＰ）数据

风中楼阁 / 周伟著. -- 石家庄 ：花山文艺出版社，
2020.6
　　ISBN 978-7-5511-0292-6

　　Ⅰ．①风… Ⅱ．①周… Ⅲ．①中篇小说－小说集－中
国－当代 Ⅳ．①I247.5

中国版本图书馆CIP数据核字(2020)第008631号

书　　名：风中楼阁
　　　　　FENG ZHONG LOUGE

著　　者：周　伟

责任编辑：温学蕾
责任校对：李　伟
美术编辑：胡彤亮
封面设计：琥珀视觉
出版发行：花山文艺出版社（邮政编码：050061）
　　　　　（河北省石家庄市友谊北大街330号）

销售热线：0311-88643221/29/31/32/26
传　　真：0311-88643225
印　　刷：三河市华东印刷有限公司
经　　销：新华书店
开　　本：650×940　1/16
印　　张：13.5
字　　数：160千字
版　　次：2020年6月第1版
　　　　　2020年6月第1次印刷
书　　号：ISBN 978-7-5511-0292-6
定　　价：48.00元

目录

大马一丈高

"呸！熊羔子！"李广柱嘴一歪，从烟嘴旁挤出一团很有力的口水和咒骂，"我是你爹哩！你们也敢顶？"

可是刚才铁蛋和小二就是顶了他。如果再吵下去，小三也会站出来帮着他哥。小四现如今在外干小工，他们都向着他妈。"鳖孙！翅膀根都硬……"他忽然想到，这等于是在骂自己，憋得呛了一口，站在村口咳了半天。

这是1981年秋天，粮食打下来，李庙撤了公社建乡，土地都分了。李广柱老汉把小二和小三叫回来商量事。他们在院子里蹲下，可大儿子铁蛋没出来。"铁蛋媳妇，铁蛋哩？"老汉叫道。媳妇没回答，铁蛋自己却说："我不买马。还说啥？"他在屋里就是不照面。铁蛋一家住着三间东屋，虽然在一个院子里，却和爹娘分锅吃饭。小二、小三一结婚就出去自己住了，是被李广柱专门叫回来说事的。

小二和小三瞪大了眼睛，老伴手里的簸箕在院子当间扬出恶狠狠的声音。李广柱知道他们的感觉。马是他们全家的心病。

"啥？"李广柱叫道，"你说还有啥比喂一匹种马更好的？"他想把他们镇住。

"那你买。"铁蛋的声音从东屋飘出来。

李老汉一愣，随即又叫："打仗亲兄弟，上阵父子兵，你没听人说过？"

"我不买。中不？"

他不出来还敢这样顶嘴。李广柱敲着烟锅想着怎么骂他，小二在这时说："我也不买。"

"那你弄啥？有啥更好的？你说啊！"

铁蛋在屋里抢着说："好啥好？人家说好是人家，咱家不好咱知道。"

"咋不好？"

"咋好？好出人命哩！"

李广柱顿时给堵得脸上滚烫，只听见老伴把簸箕在磨盘上拼命地磕。

此刻，李广柱站在村口又咳了好几声。眼见得来来往往都是些小孩，大人们大概都在家里合计着今后怎么过。李庙公社成立于1958 年，这一下子没了，人家还不得好好合计合计。就是我那几个熊羔子，不买、不买叫得一个比一个响。你们懂啥？没有乌骓能有你们今天？"鳖孙！"李广柱终于骂出了声。没人接茬儿，他的骂声飘向空旷的田野，立刻被吞噬了。

和往年这个时候相比，今年的土地上多了写着户主姓名的小牌牌。李老汉背着手穿行在小牌子们之间。"像坟场哩。"他忽然说，继续走向远山下的平芜，那里有他的地。

他对着自己的名字看了一会儿，然后掏出烟袋蹲在田埂上。分地的时候他就要这块，因为乌骓埋在这里。可是，对着满地整齐的稻茬子，此刻他竟说不出乌骓究竟埋在了哪儿。他对着西边缓缓的山梁眯起眼睛，喷出一口烟。

1949 年春天的一个头晌，就在西边的乔家山上，李广柱和县大队的同志们鱼贯而上，在石头、土坎后依次趴下，探出他们的枪。李广柱记得自己趴下后，小肚子都能觉出后面人走路的动静，他扭头，只见很多只脚在尘土中上上下下。"你们咋就不能轻点？"他说。

"轻点，轻点。"他们都说，但李广柱还是觉得山梁在哆嗦。

"快点！都趴下！"大队长猫腰走过来，手里提着驳壳枪，"弄出那么大的动静还不把敌人都吓跑了？"其实他的声音比谁的都响。

"没有我的命令谁也不准开枪！都明白没？"然后大队长朝他点着头说，"广柱，今天看你的枪法。"

李广柱说："跑不了那驴×的！"他随着大队长的目光向远处看去，却只看到了参差不齐的枪口。一条土路从对面的陈家山后拐出来，白花花地蜿蜒在他们的枪口下。

这就是县大队在山南县打的最后一仗。县委书记在动员大会上说："不要等解放军来解放！咱要在解放军到来之前解放山南县！自个解放咱自个！"于是他们就趴在这里，等着自个解放自个的时机来临。

"大队长——"侦察员二牛骑一匹白马飞奔而来，手在空中拼命挥舞。

"叫啥叫？你不会轻点！"大队长叫道，"咋啦？"

"报告陈金龙抓到啦！"二牛应该说，"报告大队长，陈金龙抓到了。"但当时没人计较那些了。

"啥？！"许多人当时就站了起来。那边，五花大绑的陈金龙被三五个人推推搡搡地朝这边走，后面还跟着一匹黑马。那是李广柱第一次看见乌骓，当时除了觉得它很高之外，他没觉出什么。

"你们……咋抓到的？"大队长问。

"我们看一人骑马过来，就都躲到树后面，近了一看，就是陈金龙那驴×的。我们一起跳出来，用枪对准他狗×的，驴×的差点给掀下去，我们就冲上去抓住了狗×的……"二牛说得很快，而且"驴×的"和"狗×的"套用，但大家明白他说的都是保安团长陈金龙。

"其他人哩？"大队长打断了二牛。

"谁？"

"保安团的？"

"没见。就他一个。"

"你们快回去！"

"回去？"二牛说。

"跑了一个保安团，我要你的命，二牛！"大队长喝道。

二牛赶紧掉转马头。"别骑马去！"大队长又说，"你想暴露目标？"

二牛跑着走了，然后李广柱看见大队长的脸上堆起了笑。这种笑和平时的完全不一样，李广柱回头一看，原来是陈金龙走近了。这种笑是给陈金龙准备的。李广柱当时就想他会这样笑，所以他是大队长，而我们只会"狗×的""驴×的"地骂。

"陈金龙，"大队长半天才说，"你还往哪里逃？"陈金龙身子直不起来，但脖子还是拧来拧去的。金锁照着陈金龙一脚踹过去，陈金龙跪倒在地直咧嘴，但没出声。

"你的人呢？"大队长又问。陈金龙还是不答。金锁用枪托照脸给了陈金龙一下，并立刻用枪对准他的脑门。

他们看见血从陈金龙的鼻子、嘴角往外涌，也看着那孬熊瞪着金锁的枪口。

大队长笑着不说话。

"说！"金锁一拉枪栓。

"他们……都去县城……投降了。"陈金龙说。那孬熊这回是真孬了。

大家都愣住了。"大队长，那我们还……"李广柱说。

大队长拦住他的话头，脸上又摆出冷笑："想骗我们？"

"我骗你们干啥？"陈金龙一扭头，"不就是个死吗？"这孬熊一下子又不那么孬了。

大队长却看着他，半天没说话。"继续埋伏，等待县委指示！"他终于说，"金锁，你看好他！"

于是李广柱重新趴下把枪架出去，对着山下依然白花花的路。埋伏圈里静了下来，隐约听见远处有人在吆喝牲口，野腔无调，绵长而高亢，还有野蜂在小花上高高低低地飞。说了几年的革命，眼见就要胜利，正好回去忙地里的活。

忽然，一阵马嘶打破了寂静。李广柱回头，只见陈金龙的马正在和二牛留下的马交配，黑的骑在白的上，一根黑色的棍子快速地闪动。李广柱忽然发觉自己裤裆里热热地发胀，再看其他人，个个张嘴瞪眼。可是，这是决胜时刻哩！这属于敌我双方的两匹马竟如此闹腾，而且是反动派的公马上了我们县大队的母马，这……

“你还敢笑？崩了你个狗×的！”金锁忽然大叫。大家都看到了陈金龙脸上藏也藏不住的奸笑。

就在这时又有人叫“大队长”，通信员的声音在山梁上回荡：“保安团全部投降啦——县委命令你们立刻回县城参加庆祝大会——”

山梁顿时高出一截。“噢——”

李广柱叫了两声，回头再看那两匹马，黑马已经下来了，心满意足地晃着脖子，阳光在它缎子般的身体上跳跃。李广柱看走神了。

“我们集合！”大队长叫道。

“走！”金锁也叫。陈金龙挣扎着站起来，眼珠转了几下。

李广柱站在那里没挪窝，看了看大家欢快的样子，又看了看那匹乌黑的马。“大队长，大队长！”他忽然叫道。

“咋啦，广柱？”

“我就不去了吧？”

“你咋能不去？你还有功哩！”

“家里等人干活哩。”李广柱说。

大队长沉吟片刻说：“可好歹也得有个庆功会啥的吧？”

“把他的马给我得了。”李广柱立刻说。

“啥？”大队长一愣。

“给我家母驴配种啊。”

“你不光想着母驴吧？”大队长说，旁边的人都笑了。

李广柱尴尬地挠挠脖子。

“来，把那匹马给我牵过来！”大队长终于说话了。在陈家沟伏击战中，李广柱消灭了四个保安团的人，其中一个正端着枪瞄准大队长，说起来是李广柱救了大队长的命。

大队长把黑马的缰绳递到李广柱手里时说：“广柱，别老想着种地，有工夫上城来找我。"

"欸。"李广柱刚摆出要上马的架势，那马就挣扎起来，跺蹄子，扭屁股，差点没拽住。

"娘的！"有人抢枪就要砸。

"别，别。"李广柱赶紧拦住，伸手去拍马脖子。那马还想挣扎，但缰绳已被收紧。"吁，吁。"他不断地说，那马终于安静下来，"大队长，那我就走唻。"

"不骑啦？"

"牵着吧。"李广柱走了几步又回头看，他们都站着看他，连五花大绑的陈金龙都扭着头。

这一路，李广柱约莫走了三个时辰。他没觉得饿，想到秀花在家等着他，他就越走越热，不住地撩起衣襟擦脸，山南县大概就是在他擦脸的时候宣布解放的。

在此后的日子里，凡是李广柱想起和乌骓在一起的日子，脑海里总会出现那一幕：两匹马一白一黑，一上一下地躁动起伏。在阶级斗争抓得最紧的年头他也会想，只是不敢说，想着想着裤裆里就不由自主地发热、发胀，然后又自然而然地想到了金铎嫂。不过，在1981年秋天的那个下午，他蹲在埋着乌骓的那块地边，却怎么都感觉不到自己有任何反应。咋的？说老就老了哩！他又吐出一口辛辣的口水，用力挤了挤眼。

他一到家村里就炸了窝。"广柱回来了""广柱回来了"响成一片，老人、妇女、孩子一下子全钻了出来，沿土路站成两排。"广柱，仗打完啦？""广柱，家来啦？"

他不住地挥手："仗打完了，咱解放啦！"

"咋就回来你一人？"

"他们上城开会去了，"李广柱笑道，"没事。"

这时才有人小心翼翼地问："你当官啦，广柱？"

"没有。"

"那咋还有马了呢？"

"陈金龙的马。"

"你抓住了陈金龙？"

李广柱不置可否地笑笑，继续向前。

"多好的马！几岁口？"

"四岁口。"

身后响起一片啧啧声。

一个略显憔悴的女人拦住他说："广柱，见你哥没？"

李广柱愣了一会儿才认出她是金铎嫂，自己八竿子打不着的亲戚。她是外村嫁过来的，和自己差不多时候成的亲。李广柱只和她说过一次话，后来一有机会就忍不住想多看她几眼。可她咋一下子就变成这样了呢？"没有。"他挠着头说，"我在县大队，都没出过咱县。你……上家坐？"

金铎嫂顿时更显憔悴。"你赶忙回吧。"她使劲笑了一下，转身走了。金铎没加入县大队，谁都不知道他哪儿去了。李广柱看着她的背影想，这兵荒马乱的年月，啥事没有哩！

他在他们的簇拥下朝家走，媳妇涨红的脸在半敞的秫秸门里等着他。"回来啦？"

"嗯。"李广柱脸上的笑绷也绷不住。

"我做饭你吃？"媳妇说，她的脸越发红了。

李广柱回头，只见乡亲们的脑袋都伸在墙头上，看戏似的笑得很开心。

"给它弄点草料吧。"还是李广柱先说。

"牵到棚里不就中？"

"不中。"他见媳妇不明白，又说，"得先看看。"

"看你家母驴尿不尿线吧？"墙头上一干瘪老头大声说。大家哄笑起来，媳妇赶紧进屋去了，妇女们都红了脸，带着孩子就走。

"广柱，金锁呢？"干瘪老头问。

"四大爷，金锁去县城开庆功会啦，说话就回来。"

"噢。"四大爷笑眯眯的，继续打量李广柱的马，"这马看上去比你还中，你家母驴肚子空不着啦！"

"四大爷……"

"行，"四大爷呵呵地笑着，"到时我也买头母驴，用你这马给配配，弄两个大走骡上集拉货去。"

"中。"李广柱一答应，四大爷笑眯眯的脑袋就在墙头后消失了。李广柱把缰绳朝磨盘上一套，马立刻就在磨盘上嗅来嗅去。李广柱去牲口棚抱出一捧干草扔在磨盘上，看着它吃了一会儿才喜滋滋地进了屋。

媳妇端着水瓢在等他。李广柱接过来就咕咚咕咚地灌。"慢着点，饮马呢？"媳妇说。

李广柱抹着下巴、脖子说："一会儿还真得给马饮点水。"

"这马归咱了？"

"那自然，我都没要受功！"

"你咋不受功呢？"

"啥用？挂个花四乡走，又得耽误几天。"

"管不管吃？"

"管，还有席哩！"其实他并不知道有没有酒席，只是猜。

"那你咋不去？"

"不是想你了吗？"

"哄人！"

"真的！头晌刚抓住陈金龙，这马就跟县大队的马配上了，那会儿别提我有多想你。"

"唾！你胡咧啥？"媳妇说着就要去拧李广柱的嘴，却被他趁势抱在怀里，拥入房中。他不住地说"想死我啦，想死我啦"，感觉他俩就是头晌埋伏圈里的马。

就在这时马叫了，吓得媳妇赶紧用小褂掩住胸口，光腔的李广柱从炕上支起身子朝小窗外打量："啊！马呢？"他赶紧穿衣服下炕，跑到院里时还敞着怀。

马还在。它站在牲口棚门口，嘴唇上翘，眼睛瞪得四圈全是眼白，踩着蹄子嘶鸣不已，肚子下那根黑黑的棍在空气中晃。李广柱立刻明白了。"慢来，慢来！"他叫道，乘势抓住了缰绳。那马一挣，扭过身去用屁股对着他。李广柱连滚带爬地躲开："咋的，你还敢踢我？"马不理他，咴儿咴儿地进了牲口棚。"秀花，秀花！"李广柱斜撑在地上喊着，"咱家母驴尿线啦！"媳妇在屋里哑哑地应了一声，李广柱挠着后脑勺笑了。

尿线是母牲口起性的标志，但那天以后李广柱把尿线的概念扩大到了媳妇身上。他看着牲口们配过，胀胀地回到屋里，媳妇满脸通红地躺在炕上，一言不发地张开了腿，裤子已经湿了一大片。她从来没那样过，于是他想她也尿线了。抓住了陈金龙，山南县解放，他得到了一匹马，而且一到家他家的母驴和媳妇一起尿线，说起来虽然不好听，不过仗打完了，该尿线的就得尿线，一尿线日子就旺了。李广柱琢磨了一个后响，晚上在炕上把自己的想法跟媳妇说，媳妇笑得手软，没劲拧他的嘴。

第二天早上起了点雾，太阳是一大团白晃晃的东西悬在村头树梢上，氤氲之中依稀可见有人赶着牲口去耘地。李广柱离开院墙，对锅屋里烧火的媳妇说："好天哩。这样的天出活，两天就完，你瞅着。"媳妇说："一会儿你多吃点，好干活。"她的眼睛不离开他，半天拉一下风箱，火光就照亮了她红扑扑的笑。李广柱心头一热，拿出绳索就在院子里铺开，待会儿只管朝马身上套。

吃饭的时候媳妇不肯吃馍，她说你要下田你吃，那点粮食得管到麦收。他要她相信往后就好了，不打仗，还有了马，下了骡驹子还能换粮食。她热热地看着他，就是不吃，还催他快去。

李广柱心里沉甸甸的，但还是假装轻松地走进牲口棚。"都吃饱啦？准备干活！"他大声说着解下缰绳。马好像不太愿意跟他走，他又说："头晌你干，后响它干，就这点活，你不干，躲谁呢？"马禁不住他拉，只好跟着出来。

媳妇站在屋门口笑道："它能听懂你说啥？"

"慢慢就懂了。"他对马说，"站好了别动！"那马果然站住不动。"看到没？"他说着从地上捡起绳子。

马紧张地打着响鼻。

"站好了。"李广柱说着举起绳套。马一下子跳了起来，躲过他的绳索，窜到院墙边，冲他瞪大了眼。

"哟嗬！欠揍啊你！"李广柱握着绳索逼过去，马退到磨盘后面。李广柱瞅准了朝前一扑，绳子却被农具缠住。马一闪身，从磨盘的另一边跑出去，到了院子那头。

"把大门关好！"李广柱大叫起来，"驴×的，我就不信……"他抓起一根长棍，在地上使劲磕两下。马顿时暴怒了，前蹄扬到空中，眼睛瞪得溜圆，像是要向李广柱扑过来。"广柱！广柱！"媳妇吓得大叫。

"哟嗬，你来，你来！"李广柱用棍子指着马，步步逼近。

马紧张了，落下蹄子，一个劲地打响鼻。

李广柱一把抓住了缰绳："驴×的，你朝哪儿跑？秀花，给它套上！"

媳妇哆哆嗦嗦拎起绳套："咋套啊？"

"给我！"李广柱叫道。

那马还想挣，缰绳却被李广柱死死拽住。"不想挨揍就老实干活，"他把绳套给它套住，"连陈金龙都给我们抓住了，你还蹦跶？把鞭子给我拿来！"

媳妇立刻拿出赶大车的鞭子。"看到没？"李广柱接过鞭子，在马面前晃晃，"就是治你的！"

马躲闪了。

"嗬，跟陈金龙一样，是个孬熊。"他这才松开缰绳。

马扭过头来看着他。

"走！"李广柱喝道。

马不动。

"驴×的！"李广柱抽了一鞭子。

马朝前一蹿，绳子一抽紧它就乱踢乱跳，公鸡、母鸡叫着飞上了墙。李广柱的脸都气歪了，他嘴唇紧咬，一下一下地抽。

"广柱，广柱！你这是弄啥？"四大爷的脑袋从墙头上伸出来。

"这驴×的不肯拉套！"李广柱不住手。

"可不能打！"四大爷赶紧进来，"可不能打，你知道这叫啥？"

李广柱停下，瞪着四大爷。"这叫'犯套'！"四大爷抓住了缰绳。

"犯套？"

四大爷说："这不是陈金龙的马吗？"

"啊。"

"这是战马，它咋会拉套干活呢？"

李广柱给四大爷说愣了："那，要它有啥用？"

"啥用？你听过书没？那楚霸王的马，就是乌骓……"

"四大爷，"李广柱打断他说，"我说我拿它有啥用？"

"啥用？你得慢慢教它，它干啥不中？它干啥不中？！我跟你说，广柱，是马三分龙，你要跟它呛，它比你还呛，打死也不中！"

"四大爷，"广柱媳妇说，"屋里坐吧。"

"中。"四大爷还拉着缰绳，"你咋还愣着呢？还不快给它卸了？"四大爷是长辈，李广柱只好照办。四大爷又说："得空就给它梳理梳理，早晚牵出去遛遛！"

李广柱骂骂咧咧地把马牵了进去。昨天牵着它走了几十里地，现在才知道它还犯套，李广柱心都凉了。他牵出毛驴来的时候，四大爷对着毛驴耳朵当中挂着的红布头瞪大了眼："你家驴尿线了？配过没？"

"配过了。"

"那你还说啥？"四大爷立刻像打了胜仗一样，"这要是配上个骡驹子，不比啥都强？"

李广柱寻思着四大爷的话。

"哪天上集去亮亮，让人都知道你有这马，配一回还不得几十斤粮食？"

"啊？"李广柱瞪大了眼睛。

耘地的活李广柱被落到了最后。四大爷的话让他存了一线希望，可是到了后晌，当大田里只剩下他和毛驴时，他就在心里骂。每天回家，他一见那匹马就上火。可马不管那些，见饲料就伸头过来，嚼的声音比毛驴还响。"你不能干活，倒能吃啊？"李广柱天天都说，"把我累得跟啥似的。"

马一刻不停地吃着，最多就是打个响鼻。

"咋的？你还不乐意？"他反问道，狠狠地瞪着它。

最气人的是吃了饭他还得牵它出去遛。那时候炊烟笼罩着整个村庄，路上空荡荡的。马蹄子沉沉地敲在土路上，听得他心烦。他就开始教训它："你可别在我面前端架子，连陈金龙都叫逮住了，你还神气啥？"

滴笃滴笃。

"再说，保安团投降了，大家平等了嘛，你咋能光叫毛驴干活呢？"

滴笃滴笃。

"再者说了，我还是个有功的人哩，不也得干活？"他扭头看马。

马停住，眼睛又大又圆，像是在与他对视。李广柱有时说："你看我弄啥？还不老实！"有时却又伸手给它捋了捋毛。

那天他正在教训它，暮色中有人发话："广柱，遛马哪！"

"哟，大立，你也遛马？"

大立是个瘸子，又是外姓，到现在也没成家。他很能干，日子过得也不错，多少人想给他说媳妇都没说成，人家就说他心气高，渐渐地就没人给他说了，他也不急，一瘸一拐地过自己的日子。

"来，歇歇，抽袋烟。"大立说，他身边站着一匹马一头驴，"我说，你这马真不赖！"说着他递过烟袋。

"我不抽了。"李广柱说，"犯套，有啥用？"他在大立身边蹲下。几头牲口立刻互相熟悉起来。

"犯套？可惜。"

"没治啦？"

"有是有，可得要时间，一时半会儿不中。"

李广柱半晌说不出话。

大立又说："那年我在骡马大会上见一匹马，好是好，就是犯套……"

"哎，哎！"李广柱忽然被牵动。他们扭头一看，李广柱的马正在来劲。"啊！我的马尿线了？"大立赶紧站起来，"不中，不中，还没到正日子哩！"李广柱的马却不依不饶，一个劲地往前蹿，李广柱被它拖着走。

"驴×的！"他使劲一蹬，"不中就是不中！"

"广柱，我得先走。"大立赶忙说，"到了正日子我把它牵来。"

"中。"

"要是能配上个小驹子，那该多好！"大立说着，马又朝前一蹿，吓得他三颠两颠蹿出去老远。

"你站住了！"李广柱对马大喝，"世上哪有你这样的孬熊？啥都不想干，就知道干那事儿？人家还没到正日子，你咋就闻出来了呢？"

马瞪了他一会儿，然后扭头冲着旁处。李广柱倚着树干蹲下，长长地出了一口气。"哎，哎！"他一下子又站了起来，"你咋吃人的麦苗？"

马不停地嚼，李广柱赌气地把缰绳在树枝上拴得高高的。想起这几天的事，他恼透了："我图个啥？你说，我到底图你个啥？"

马把头扭向一边。它不但脸长，而且皮厚。

没想到乌骓真的挣回了粮食，而且第一次就当着县大队同志们的面。

那天李广柱见马身上灰太大，正拿把笤帚在院子里给它扫，就听到大队长的声音："李广柱！"

"到！"他没扭头就立正答应。

"哟嗬！你当这还是在县大队啊？"大队长隔着墙头说，"你也没扛枪啊！"

"嘿嘿。"李广柱笑了，"二牛、金锁，你们回来啦？"

"回来啦。"二牛隔着墙头说，"它还要你伺候啊？"

李广柱把笤帚一扔："赶忙进来吧。这驴×的，不肯上套，听人说得哄着它。"

二牛推开院门，他们仍然按照县大队的架势走进来：大队长居中，金锁、二牛左右分列。他们前襟敞着，腰上别着驳壳枪。"这是战马，咋不犯套啊？"大队长一进院子就说。

"就是这么说的。"

"是匹好马，广柱，可让你逮着了。"大队长说。

李广柱赶紧打量金锁和二牛的脸色，二牛憨憨地笑着，金锁脸上却不大自在。

"屋里坐嘛！"广柱媳妇说。

"找你有事。"大队长说。

"啥事？"

"进屋说。"

屋里连让人坐的东西都不够。媳妇忙得里外跑，大队长说："广柱家的，别忙啦。"他对大家一摆手："随便坐吧。广柱家的，给咱烧点水喝，中不？"

"中。"媳妇赶忙去锅屋。

大队长向刚进门的李广柱说："广柱，你咋还没有个孩呢？"

李广柱红了脸说："这不是打仗打得嘛！"

"扯淡！仗打到你裤裆里啦？"

二牛、金锁都笑了。

"是金锁回来啦？"四大爷在墙头上问。

"爹。"金锁站起来说。

"咋不回家呢？"四大爷说着就进了院子。

金锁赶忙说："爹，这会儿还有点事，这是咱县大队大队长。"

"噢，是个大官哩！"四大爷手足无措，想鞠躬却被大队长拉住了手。四大爷不懂握手，跟着拼命乱晃。

"大爷，我们这次来搞'土改'，穷人真正翻身啦！"

"'土改'？"

"爹，我回头家去跟你说，现在得开会。"

"你不走啦？"

"不走了。"

"好。"四大爷走到院门口又站住，回身说，"咱家的地要趸了。"

"回头再说吧。"金锁扭头说。

"人家都弄过了，咱家的活没人干。"

"我知道，回头回家再说。"金锁有点不耐烦了。

"你有马没？"

"啥？"金锁一愣，随即明白了，"就一匹马，哪能个个有？你先回吧。"

"就一匹？"四大爷愣在那里。李广柱这时觉得脸上滚烫。

金锁又说："你快回去吧！咱这儿开会！"

四大爷摇着头走了。

"你别不耐烦，"大队长小声说，"农村里穷的穷，富的富，我们'土改'就是要解决这个问题。"

李广柱愣愣地看着他们，但金锁的眼睛立刻躲开了。

"广柱，国民党要完蛋了，"大队长一下子就变得正经八百的，"上级指示我们立刻开展'土改'运动，迎接全国解放。"

"啥叫'土改'啊？"

"'土改'就是把地主的地分给穷人，让穷人过上好日子。"

"那好！"

"这是革命的结果！"

媳妇用大海碗为他们端上了水，大队长立刻喝了起来。李广柱喜不自禁地说："金锁、二牛，我们的仗没白打！"

大队长急忙咽了一口："哪能白打？要是这次没胜利，我们就一直打下去，打到国民党全部被消灭。"

李广柱看着他，就像在县大队等待任务。

"现当前，我们首要的任务就是给每家每户定个成分。"

"定成分？"

"谁是地主啊，谁是富农啊，要不斗争咋进行？"

"依靠贫农，团结中农，孤立富农，打击地主。"金锁说得像绕口令一样。

"那我是啥农啊？"李广柱问。

大队长和二牛被问住了，金锁却慢慢地说："你的地不多，可你有两头牲口，这要是说起来就不是贫农了。"说完他看着大队长。

"我那马不是刚缴获的吗？我咋就不是贫农了呢？大队长，我明明就是贫农嘛！"

大队长伸手拦住他俩："我们现在要考虑的是真正解放广大人民群众，说这些弄啥？"大立在这时打断了他们，而且，走在半道的四大爷也跟了回来。

"咋啦，大立？"

"大立家的母马叫驹啦，拉过来跟你的马配配。"四大爷抢在前面说，好像大立不会说似的。

李广柱挠头，看看满屋子的人。

"快给人家配呗，这不都牵来了？"大队长说。

"那我就去。"李广柱慢吞吞地站起来。

"广柱家的，你们家咋只配小马啊？"他听到大队长在他身后说，然后哈哈大笑。李广柱笑不出来，刚才金锁的话说得他心里直犯怵。这事可得说清楚。

马已经躁动不安了，缰绳一解它就朝外去，肚子底下立刻就多出了一条腿。它仰天一声嘶鸣，当下就在院子里骑上母马的背，动作雄壮有力。李广柱偷眼瞄了一下大队长，大队长把碗端到嘴边却没喝，眼睛盯着马。秀花躲在锅屋里，不敢正眼朝这边看。

牲口完事之后，大家赶忙各自喝水。四大爷没水喝，站在院子当间咂嘴道："真是匹好马，一见母马就起性。"

"爹！"金锁说。

"咋的？你看人家带回来的，你的呢？"

"你赶忙回吧！"金锁真烦了。

"咋啦？我说的你就是不爱听，你看人家……"

"大爷，"大队长赶忙打断他，"要不你先回去？我们还开会，一会儿我上家看你。"

四大爷的手举起来又重重落下，"唉！"他跺着脚走了。

李广柱在牲口棚里躲了一会儿，寻思着怎么把自己的事当着大队长的面说清楚。他回到堂屋，还没落座，大立就跟着进来了。"广柱"，他拎着一袋粮食站在门口。

"啥？"

"这点粮食……"

"啥？我能收你粮食？"李广柱叫道。

"咋不能收？嫌我给的不够？"

"你说的啥？乡里乡亲的，咋能那样？"

"那你喂马也得要饲料不是？"大立架住他的胳膊，"我要是到集上去，收得还贵，还没你的马种好。你们说对不对？"

"收了吧，广柱，"大队长发话了，"只要公道就行。我们还得说事呢！"

"听到没？"大立把粮食拎进屋里，"倒哪儿？"

"秀花！"李广柱叫道。

媳妇立刻从门边拐进来，她显然一直在听。"倒里屋囤子里吧。"她为大立掀开门帘，然后李广柱就听到了粮食的声音。在青黄不接的季节，这声音直朝大家耳朵里灌。"你们说话，我走咧。"大立瘸着出来，向大家点头。李广柱看见金锁的脸很冷，他先前担心的事又压上心头。

大队长立刻向他们布置任务：清查每家每户的土地、牲口和农具，不要声张。他逐个地打量着他们，终于说："金锁，你就是组长吧。"

金锁的脸一下子憋红了，半晌没吭声。这当儿李广柱听见秀花在里屋把粮食拨来拨去，拨得他心里直发毛。

大队长他们一走，媳妇就把他拽进里屋。"是好麦哩！"她的脸上起了红晕，"它还真的能挣回粮食来！"

"按说不该收大立的粮食……"

"大队长说收哩！咱喂牲口也得用粮食，是不是这个理？"

他怔怔地不说话。这个季节谁能真正拒绝粮食呢？

那天他遛马的时候碰到了金锁。金锁不遛马，而且天已经擦黑，李广柱感觉出了什么事。"金锁……上咱屋坐？"

金锁说："不了，我再走走。"暮色中他毫无表情。

"想啥哩？"

"没啥。"金锁还是不动声色，"你回吧，我再走走。"他和他擦身而过。

李广柱看着金锁的背影，觉得真的有事了，而且这事和自己有关。后来他听说那天金锁回家就和四大爷吵了架，是给四大爷骂出来的。

晚上，秀花钻到他怀里，有一搭没一搭地说起了种庄稼过日子的事。她说乡里人就得种地伺候庄稼对不对？完后看着老天爷脸色指望点收成对不对？李广柱说："我还能不懂这个？"秀花笑得咯咯的，说："打小就懂？那今天后响的事你咋说？"

"啥？"

"你没种地啊！"

他一愣。今天后晌可不就发生了不种地而收粮食的事嘛，就在他自家的院子里！

"对不对？"媳妇凑在他耳边说，还哧哧地笑。

他不回答，一下子翻上去，让她哼哼哈哈了半宿。下来的时候他满头大汗，媳妇则从牙缝朝里吸气，"哎哟。"

"咋的啦？"李广柱支起身子问。

"你哪来恁大的劲？"

李广柱朝炕上一倒，咧嘴笑了："都是叫马给闹的。"

从那以后，他就正式管马叫乌骓了。媳妇说："怎么叫这么个名？"他说："这个名叫得响！"媳妇说："咋个响法？"他说："自古就响。"许多年以后，他才明白楚霸王虽然力拔山兮气盖世，但乌骓还是没保住，身体柔软如棉的虞姬也没保住，就和他一样，看来乌骓并不是个好名字。不过，那时候已经晚了。

大队长又来过几次，带他们开会，挨家排情况。金锁再也没提李广柱的成分的事，李广柱心里渐渐踏实了。要是大队长没来，他们仨就忙自家地里的活。李广柱前思后想，还是在赶集的时候把乌骓牵到了集上去。

第一次带乌骓上集就有收获。那天乌骓配了两次，一次人家给的是麦子，另一次是绿豆。乌骓配种时惊天动地的架势招来了许多人，他们眼睛看直了，还"哟嗬，哟嗬"地叫，然后围着李广柱问这马是什么种、下次赶集还来不来、牲口要是尿线了上哪儿找你等问题。收市的时候，李广柱双手捧一捧绿豆，让乌骓就着他手吃，把其他牵着种牲口的人看呆了。他们把空空的麻袋扔到马背上，打马的动作都下了狠。等大家都走完了，李广柱才拍着手对乌骓说：

"完了吧，咱也该回去了。"

那天的太阳又大又圆，他推着独轮车，走在吱吱扭扭和滴笃滴笃的声音之间，不时扭头看看乌骓。乌骓被落日映得通红，一见他回头就凑上来想要吃的，他笑着骂它"孬熊"，然后他们又迎着落日吱吱扭扭、滴笃滴笃地走。

李广柱还没抽出工夫找金锁，他中农的事就定下了。那天附近几个村子的工作队在一起开会，李广柱赶到的时候，屋里已经坐满，他将就着在门外蹲下。邻村的小组长讲完了，轮到金锁。金锁报完他们村首批定为贫农的名单，李广柱站起来就叫："咋没有我？我咋不是贫农？咋？我去县大队时是贫农，这仗才打完，我就不是啦？"

"大立跟你土地一样多，"金锁说，"也是一匹马、一头驴，你自己也说他得是中农，你咋就不能是？"

"我要是不去县大队，可只有一头驴哩！"

"我们说现在！"金锁对大家说，好像他们是李广柱似的，"你现在有马有驴，自家还有农具，咋不是中农？"

"那匹马犯套，咱村谁不晓得？它还不能干活呢，我咋就是中农了呢？"李广柱站在外面，手摊得比金锁的更大。

"它是犯套，可它比不犯套的还中，哪一回不得挣几十斤粮食？"

大家一起把目光投向李广柱。

李广柱急了："大队长，你是看到的，那天我根本就不要嘛！"

"不要？"金锁抢着说，"不要你还牵着它去上集？"

大队长叫道："别说啦！我们的政策是团结一切可以团结的力量！"然后他转向李广柱，"广柱，你是县大队下来的人，就算是中农，我们还能不相信你？"

李广柱一下子瘪了，手摊在那里半天没收回去。他瞪着大队长，只觉得浑身冒汗。他们都不看他，埋头抽烟，红红的烟锅亮成一片。

散会的时候，他想再找大队长谈谈，但大队长要几个组长留下来。李广柱眼巴巴地看着他们又在炕上坐好，回身一看，二牛还在院门口等他。

他们不声不响地走了一段。"唉！"李广柱终于叹了一口。

"嗨！你不要那马不就结了？"二牛说。

"啥？！"李广柱一愣，停下了脚步。二牛的话说到了点子上，但他不知怎么回答。

二牛等了一会儿，终于说："广柱，我说你也真是。"

后来的路李广柱走得很慢，二牛不时扭过头来等他，他紧赶几步，又和二牛并肩走。他知道二牛在等他开口，可就是不知道该咋说，一直走回村里也没想起来。

秀花一听就不乐意了："凭啥？那会儿你都没记功哩！"

"现在还说那干啥？"

"再者说，陈金龙都给毙了，这马交给谁去？"

李广柱绊问住了，过了一会儿才说："那咱可就是中农了哩。"

"中农咋的？"

"你听听，依靠贫农，团结中农，这不一样啊。"

"不一样有啥？我们过自个儿的日子。"

"我是县大队上下来的人，咋能跟大家不一样呢？"

"仗都打完了，还有啥县大队？"

两人几乎一宿没合眼，翻来覆去还是那几句话，直到天色泛白。早上起来，媳妇又问："你咋说啊？"

李广柱看看她，迟疑地说："兴许，当初就不该要乌雏。"

忽然，媳妇用手捂住了嘴。"你咋咧？"媳妇不答，捂嘴跑到屋外。李广柱过了一会儿才跟出去，只见媳妇蹲在墙角呕吐。"你咋咧？"李广柱又问。媳妇喘着说："大概怀上了。"

"真的？"

媳妇又想吐。

"要不找先生看看？"

媳妇慢慢站起来，擦了擦嘴："广柱，这马可不能交回去！"

他目瞪口呆。

成分还没最后公布，人们就已经形成了几派，白天黑夜地在一起嘀咕。李广柱跟那些即将定为中农的人没什么说的，可他们还是来找他。他支支吾吾的不怎么说话，倒是秀花被他们说得火冒三丈，要他去和金锁吵，就算是定上中农也要让他脸上不好看。他们一听都来了劲，七嘴八舌地排好了吵架中的每一句话，然后一齐看着他。李广柱红了脸，他知道要是去吵，自己就是和这些围着他的人真正站在一道了。他们说了几次，见他没有动静，就不再来找他说事。李广柱家的院子清净了两天，即将成为中农的不来，即将成为贫农的也不来，他这才百爪挠心，浑身不自在。

他主动找即将成为贫农的人去聊，他们不想成分的事，所以他只能聊县大队，比如怎么瞄准，怎么搂火，等等，还屡屡暗示自己是县大队的神枪手。"那管啥用？"秀花问了他几次，他回答不上来，可见了人止不住还要说，气得秀花直跺脚。

那天在田头歇晌，金铎嫂匆匆来找李广柱："广柱，金锁昨天说要给我定个中农，你定的啥农啊？"

李广柱一下子愣住了，好像那一阵子大家都忘了她这么个人。

金铎是个干活的好把式，早几年也挣下了些家产，但他一走几年，没一点消息，不知是死是活的人自然排到了最后，而金锁已有一阵子不和李广柱商量事了。

他想着怎么回答她，媳妇抢着说："啥农？咱也给定了中农！"

金铎嫂惊惶地看着李广柱，半天没说话。全村人都知道的事她还不知道！李广柱给她看得脸热，赶紧端起水罐咕咚咕咚地灌了一气。

"可你哥不在，地都没人种，我是啥中农？"她又说。

"还说啥？咱广柱还跟他在一起打过仗哩！"广柱媳妇说，"这下好，他是贫农，又是组长，那定啥还不由他！"

"你也别那么说……"

"我不说你得说啊！没当官，又没定上贫农，那仗不是白打了？"

金铎嫂看着他，眼睛里蒙上一层悲哀。过了一会儿李广柱才想起邀她吃饭，她却说她自己带着，然后掏出一个小包袱，打开了里面是一块梆硬的馍。她慢慢地嚼着，半天才咽一下。

"喝点水。"李广柱把水罐递过去。

金铎嫂犹豫了一下接过去，喝得脖子、褂子上都是，赶忙背过身去手忙脚乱地抹。李广柱觉得她真是太难了。

四大爷偏偏在这时来了，远远地就叫"广柱"，他们纳闷地看着他牵着头毛驴。

"广柱，我买了一头驴！"

田里歇晌的人都伸着头看。

"广柱，我买了一头驴！"四大爷已经走近，但嗓门还那么大。

"那好啊。"李广柱嘟囔道。

"哪天叫驹了就牵到你家去！"

李广柱说："中。"

"那好。"四大爷笑着擦汗，"广柱，粮食我得给，你看能不能少点？再有一条，我的驴得排在早起第一个。"

"四大爷，"广柱媳妇把锄头放倒，一屁股坐上去，脸冲着一边发了话，"你就不怕金锁给你定个中农？"

四大爷浑黄的眼珠转了半天："啥？"

"啥？"广柱媳妇猛地转过身来，"你现在有驴了，以后再有个骡驹子，那不和咱一样？"

"你别说了！"李广柱喝道。

"咋不能说？"她又扭头朝着四大爷，"广柱和你家金锁一道去的县大队，你家定贫农，咱咋就是中农呢？"

四下一片寂静。田埂上的人慢慢朝这边走。四大爷嘴唇哆嗦着说不出话。李广柱赶紧朝媳妇嚷："你说的啥，你这是？"

"咋不能说？你打了仗都没受功，官也没当上！"她也提高了嗓子，"四大爷，粮食就恁多，早起谁先来谁就是第一个！"

"你别说啦！"李广柱近乎大叫。正走在田埂上的人都站住了。

四大爷忽然拉着驴就走，还差点摔了跤。

李广柱还想对媳妇吼几句，但他一下子觉得有点晕，麦地亮晃晃的扎眼。他一屁股坐在地上，垂着头喘了半天，等他再抬头时，媳妇和金铎嫂都已离开，人们回到各自的树底下，四周空空的，连山都远了很多。

那天，四大爷家的邻居又听到了他们父子的吵架，吵得很凶。有人来把这消息告诉了李广柱，秀花立马要到金锁家去论理。李广柱喝道："还有啥说的？还有啥说的？！你要说就把乌骓牵上！"秀花瞪大了眼，忽然跑出去呕吐，吐完了就没再提去吵架的话。

公布成分那天，李广柱没去遛马。大风刮了一天，天上地下都是灰突突的。李广柱在炕上翻来覆去，县大队的事一桩桩在眼前重现。大队长下命令后总是问"广柱，准备好没？"或者"广柱，今天咋样？"，可他这回没问，李广柱一下子没了着落。到了半夜，他披着衣服进了牲口棚。火镰打了半天才着，他把晃晃悠悠的油灯放在马槽上，朝马槽里撒了些饲料，看着它们吃。

"我们定上中农了。"他忽然说。

马看看他，又继续吃。

他把马槽里的饲料拨弄几下："都是为了你。"

马吃完了自己面前的草，把头伸到毛驴那边。

"前两天我真想把你给送回去，"他停了停，"这下都定了，把你给了也没用。"

马只顾吃草，把毛驴挤到一边。

"你让它也吃！"李广柱用力把马脖子拉过来，"坏种东西！"

马无所谓地嚼着。

"你的成分太坏，把咱都牵连上了，还不老实！"他看看马槽，又投了些饲料进去。那一夜他在牲口棚里待了很久，不断骂骂咧咧地抓些干草扔到马槽里。他恨这匹马，却又清楚今后得指望它了。

那阵子化不太说话，遛马遛出去很远，逢到赶集牵上乌骓就走，也不和人做伴。秀花很快就把成分的事忘了，一心一意检查粮食："瘪的少说有斤半，你说这人咋恁坏？你就不知道看看粮食再给他配？"到麦子灌了浆，她的肚子已经显了，叉着腿在村里走来走去，说话的声音都响了许多。李广柱说她也不听。

　　到了年底，朝鲜那边打了起来。大队长各村动员，嗓门都说哑了。李广柱立时觉得有了证明自己的机会。他喊着口号朝会场前面的八仙桌去，"广柱，广柱！"媳妇跟在后面一个劲叫。他听见了，可是大队长正看着他点头。他正犹豫着，二牛他们几个拥过来，嚷嚷着"打美国驴×的""不揍他就不中了"。他赶紧大叫："给我报上！"自从定成分起他就没在人面前那么大声过。他看着自己的名字被写上，挤出人堆，媳妇上来抓住他胳膊就晃："你走了我咋办？"

　　李广柱看着她敞开的棉袄下摆愣住了。

　　那几天媳妇动不动就哭，捧着碗咽不下东西，眼泪直朝碗里砸。李广柱急了："你咋知道我这回要牺牲呢？"

　　"枪子又不长眼……"

　　"那些驴×的会打枪？黄头发、蓝眼睛，人都不像，咋会打枪呢？我看他们连保安团都不如！再者说，金锁给我定的中农，到朝鲜我让他看我是啥农！"

　　媳妇不说话，只是落泪，早早地上了炕，枕头一会儿就湿了一片，李广柱急得不知咋办。

　　大队长在晚上敲开了他家的门。他先问了广柱媳妇啥时生，然后说："广柱家的，广柱要是走了，你可咋办啊？"

　　"走吧，反正我们娘儿俩……"她说不下去了。

　　大队长说："我寻思着不叫广柱去。"

　　李广柱一愣，忽然大叫道："咋？不叫我去？"

　　"你自个看，"大队长指着广柱媳妇说，"你媳妇肚子都那么大了，你还能这时候去？万一有个啥，孩子不就没爹了嘛！"

　　"是的哩！"广柱媳妇说。

　　"你娶媳恁些年，好容易怀上了，得等孩子生下来再说。"

　　李广柱一下子空落落的，想再叫几声，又觉着心里踏实了。嘴巴张了几下，也没发出个声。大队长站起来，拍了拍他的肩。不知咋的，他眼泪就涌了上来。后来他知道这一片的志愿军是金锁带队，他不能参加志愿军的事大概和金锁有关。所以在他们穿着崭新的军装，坐着大轮马车冒雪走了之后，他闹了几天情绪。其实就是拉长了脸给村里人看，因为大队长在县里，媳妇成天坐在炕上弄小孩衣服，还动不动说小孩在肚子里踢她，对他闷闷不乐的样子连劝都没劝过。过了几天他朝她身上偎，她一把推开他说："不中！啥日子了？"被媳妇推过之后他就不闹情绪了，乌骓每天配种，他却憋得鼓鼓的找不到去处。

　　过年的时候很热闹，剧团不能去朝鲜慰问，只好到志愿军的家乡挨个村子白天黑夜地唱。李广柱每天早早地把乌骓遛了，然后就去听戏，一场不落。

　　西圩村那天唱的是包公戏，李广柱紧赶慢赶十来里地，到的时候已开了场。他看中场边的一个土堆，踮着脚站上去，也不管那上面已经站着的一堆大人、小孩，摇头晃脑地跟上了戏文。

　　"挤啥呀！让不让人看？"土堆下有人大声抱怨。

　　李广柱一看，金铎嫂正在人群中伸头踮脚，晃来晃去。"金铎嫂！"

　　"广柱，你那儿能看到？"

　　"还中。你上来？"

　　金铎嫂立着李广柱的手站上土堆。她只能站在土堆边上，而且一直得拽着他点，不能多拽，可又不能不拽。李广柱尽量朝别人身上靠，让她站得舒坦些。他不敢问她看没看好，生怕她把手拿开，还偷偷地拿眼瞅她。金铎嫂看得很专心，不时地笑一下。在马灯和篝火的照耀下，她好像恢复了当初的模样，李广柱忍不住就多看了她几眼。

铡刀抬上戏台的时候，锣鼓震天。"上铡刀啦！上铡刀啦！"土堆上一阵晃动，金铎嫂晃了几下，到底没站住，"哎哟！"

"你咋咧？"李广柱赶紧下来问。

"哎哟！我崴了脚！"她一个劲地叫，李广柱蹲在那里不知该咋办。然后人群就松动了，李广柱再抬头时，小孩子们已经跳到台上胡闹起来。李广柱说："你，还能走吗？"

"走吧。"她拽着他的袖子站起来，趔趄地走了几步。快到场边的时候他回头看了一眼，篝火只剩余烬，小孩们在黑暗中乱窜，不知咋的，这一幕他后来一直记得。

然后他们就走上了大田里的路。开始还能听到人声，后来就都静了。李广柱不敢和她靠得太紧，可他一迈开步子，她就被落下，他又得停下来等。两人时近时远走了几里地，金铎嫂一屁股坐在田垠上说："广柱，我得歇会儿。"

"我回去牵驴你骑？"李广柱说。

"哪有那么娇？歇会儿就中。"她揉着脚脖子，"你媳妇咋没来？"

"她大肚子，走不了恁远。"

"啥时生？"

"说是月底哩。"

"还是你好，家也置上了，孩子也有了。"

李广柱犹豫了一下，说："金铎咋就没消息呢？"

一提金铎她就有说不完的抱怨，还怨爹娘没长眼，说着就哭了，手在脸上胡乱地抹。李广柱不知咋劝她，只好蹲在一边叹气。当初她嫁过来的时候，村里人都说金铎有福分，娶了个跟画似的媳妇。李广柱跟在人群中看，别人还故意逗他："你媳妇有她俊没？"可她到现在还一人下田干活，一人出来听戏。

"我跟了他，炕也没暖几天啊！"金铎嫂抽搭着说，"连个孩也没有，我往后可咋过？"

"兴许过些日子就回来。"

"过些日子？仗打完多久了？看你家过的。"她想站起来，但又坐下了。

"你中不？"李广柱弯腰问。

她只顾抹泪，李广柱闻到了她呼吸的气味。

路上还是没人。

"你……我回去牵驴。"他转身就走。

"广柱，你回来！"她说，"我一人搁这儿怪怕的。我一会儿就中。"

李广柱记得月亮就是那时候上来了。村庄、田野、土路一下子分明起来。响起了几声狗吠，但听上去很远。四下的确没有人。金铎嫂停住啜泣，捋了捋垂到脸侧的头发，一声不吭。李广柱看了她一会儿，忽然说："那我扶你走？"

金铎嫂啥也没说，只是伸出了手。后来的路，李广柱走得暖洋洋的。金铎嫂的手被他夹在胳膊底下，走着走着，她就瘸得不那么厉害了，但她一直没把手抽回去。两人都不说话，李广柱能感觉到她的手又小又暖和，乖乖地被他夹着。看到李庙村之后，她把手抽了出来。李广柱立刻觉得胳膊下面冷飕飕的，他看看村子还有一段路，懊恼刚才自己没抓住她的手。这时金铎嫂又瘸了一下，他也不知自己哪来那么大的胆，一把就扶住她，并让自己的手在她胳膊上待了很久。金铎嫂埋着头一言不发，直到村口才说"叫人看见哩"，李广柱这才把自己的手挪开。

他们还是不说话，眼看着金铎嫂的家慢慢地近了，李广柱忽然觉得今晚的路太短。他在她家门口站下说："你中不？"

"中。谢啦，广柱。"

李广柱看着她朝里走。"哎。"他忽然说。

"啥？"金铎嫂回头问，声音很轻。

"要不，我给你家毛驴上点草？"他的声音也不由自主地轻了下去。

金铎嫂一愣，过了一会儿才说："你看我，都忘了……"

"我来。"李广柱径直进了牲口棚。金铎嫂站在门口。

"你家火镰呢？"

"在槽头上。"

"哪儿？"

"我来拿。"金铎嫂也进了牲口棚。

李广柱能感觉到她靠得很近。"给。"她的声音说。

"哪啦？"

"这儿。"

"哪啦？"他还问，这时碰到了她的手。他没接她手里的东西，而是直接把她的手握住。她没把手抽走，轻轻地说了声"广柱……"。李广柱稍一犹豫，把她拉进自己的怀里。她不抬头，任他的嘴和手在她的脸上、身上随意动。李广柱只记得自己被绊了一下，乘势抱着她倒在干草上。金铎嫂的手不停地动，既像是推又像是拉，就是不出声。李广柱很快就到了自己想去的地方，金铎嫂已经滚烫了。她身体扭了几下，然后一下子绷直，从嗓子眼深处迸出："噢，亲祖宗——"

此后他脑子里成天就是金铎嫂，闭上眼就来，裤裆里也立马燥热，可又不敢去找她。

媳妇生下铁蛋，月子里他实在憋不住，鼓足了劲上她家去。他们没说几句就找不到话说了。他不敢上前，只好站了起来。她埋着头窃窃地说："你这就走？"李广柱忽然感觉她和他想的是一回事。他走过去一把搂住她，两人都热得不行，就在炕沿上弄了很久。她喘着说："别使恁大劲……省、省点力气……"他说："省不起来、省不起来！"事后她红着脸说："你咋跟牲口一样？"两人都哧哧地笑。那以后他就偷偷帮她干活，晚上遛马时也经常在村外和她见面，还和她约了去上集，把早上挣的粮食给她带走。他让乌骓跟她的母驴配了几次，都是晚上在村外配的。不知咋的，就是没配上，倒是他俩没闲着，每次都干得她腿软。她的脸渐渐滋润起来，见他就想笑，若是有旁人在场，她就使劲抿着嘴。

1981年，蹲在田头的李广柱老汉想再抽口烟，这才发觉烟锅早就灭了。他磕掉烟锅重新装，装到一半时自言自语地说："多好的女人，唉！"

广柱媳妇生了二子，志愿军回来了。也是冬天，李广柱他们在村口冒着雪花敲锣打鼓，那时候已经开始动员搞互助组，村里到处写着"组织起来，共同富裕"的大标语。外面很冷，他们就拼命地敲，大车还没露面他们就敲出了一身汗，把全村的大人孩子都招了出来。大车一到，大队长最先跳下来，叫他们敲得更响些，然后又赶紧回到大车边上。李广柱看见车上有人支起身子，满头绷带地和大队长说话。

是金锁！

到李广柱放下鼓槌挤进人群，四大爷已经泣不成声了。金锁也噙着泪，但还是和李广柱笑了一下。金锁是在打完仗以后被地雷炸伤的，最初大家都以为他活不下来了。

大车吱吱呀呀把金锁朝家拉，车辙很深，李广柱心里也沉沉的。

那以后村里人闲下来时听的都是朝鲜打仗的事。这种时候李广柱总会凑上去，抓住机会说自己神枪手的经历。开始二牛他们还让他说了几回，渐渐就不耐烦了，他们打断他，大讲苏联转盘枪和美国汤姆枪的区别。世上居然有枪能打出"达达达、丢丢丢"的声，大家都觉得新鲜。

李广柱却愣在那里。他明白县大队过时了，和县大队有关的那些神枪手的故事也过时了，往后的故事都是志愿军的，而自己要当志愿军大队长没让。于是整个冬天，只要大队长、二牛去看金锁，他就跟去。四大爷脸色不好看，但有他们在，四大爷就不好说什么。

各种庆祝活动忙完之后，大队长要李广柱和二牛搞一个互助组，给大家做个样子。他说金锁是"土改"骨干，又在朝鲜为咱山南县挣了脸面，但他现在这样，我们不能不管，你们说咋样？

二牛抢先说："金锁，今后你就放心吧！"

李广柱懊恼自己没先开口，这时四大爷从外屋伸进脑袋："咱家又没个大牲口，咋办？"

"四大爷，我帮你干！"二牛又抢先了，但四大爷的眼睛却瞄着李广柱。

李广柱一下子站了起来："四大爷、金锁，上次你家毛驴配种的事都是我不好。"

他激动的样子令他们吃惊。其实他当时也没多想，大队长又布置了任务，自己一定得说点什么。

"这回金锁立了功，咱没说的！今后咱就搁一块儿，像县大队时一样！"

大队长微笑着点头。

"你家的小骡子我包了！地里的活我和二牛包！咱还是县大队的规矩：这个任务我来！"他拍着胸脯叫。

"广柱！"金锁终于说。

李广柱站得直直的，觉着自己脸滚烫。

广柱媳妇却不乐意了。"跟他一组？"她撩着衣服给二子吃奶，自己一只手端着碗。两个儿子把她奶胖了，坐着得占大半个板凳。铁蛋已经能自己吃，弄得满头满脸，她也不管。

"你说都搁一块儿，那牲口呢？"

李广柱想了想，过了一会儿才说："组里的人要是来配种就不收粮食了吧，反正咱那马也犯套，干不了活。"

"那咱就是贫农咧？"

他呛了一下："你咋恁说啊？"

"咱为马定的中农，这回互助组了，马是大家的，那咱还不该是贫农？"

"你扯啥？这是两码事！"

"咋是两码事？咱有马，咱是中农；马是大家的，咱不就是贫农了吗？"

"咱这中农是政府定的。"李广柱只好说。

"那好，咱这马就不能给人家白配！还有一条，咱不跟他一组！"

"咋能那么说呢？他打仗负了伤，咱总得帮个忙吧？"

"他给政府打仗，要你忙啥？"

"你不懂，上次我们跟四大爷闹了红脸，这次他负了伤，咱这样一来，这事就算过去了。"

"你真孬！是他给咱定的中农，他咋不来给咱赔不是？"

"那是工作哩！现在大队长成天去看他，咱要不做点啥，不是显得咱忒那啥了嘛！"

媳妇还没想通，他又匆匆牵乌骓去遛了。他觉得互助组得把金铎嫂拽上。志愿军回来后，村里很热闹，他俩没怎么见面。要是和她在一组，以后就不用偷偷帮她干活了，来往也方便。

他在寒风中等了好一会儿她才来。"你咋非得今天？怎些人哩！"他跟她说了互助组的事，她才既感激又羞涩地笑了。他伸手把她揽过来，她死命想挣开却抵不住他硬硬地紧贴着她蹭。后来她先回村，飘飘忽忽像是踩着棉花。

他们的互助组是李庙第一个成立的。刚开始，村里的人都看着他们，咋也没看出好来，可到了割麦的时候，互助组就显示出了不一样。李广柱、二牛埋着头一个劲朝前赶，把四大爷落下很远，金锁有时也站得远远地为他们加油。金锁瘦得脱了形，但精神头还好，悬着一条腿到处跑；金铎嫂只管把麦子朝车上送，车上套着两头驴，还有一匹骡驹子跟着蹿前蹿后。她赶车从不吆喝，但人们的目光还是跟着她走。

二牛虽没成亲，却喜欢讲荤话，讲完就拿眼角瞄金铎嫂。天热，她身上弯弯曲曲的都显了出来，汗腾腾的脸上泛着红，笑的时候还捂着嘴。金锁不讲那些，但也拿眼瞄她，还不时朝李广柱看。他们的目光一遇上金锁就躲开了，脸上的笑也不自在起来。

那几年的日子真红火。铁蛋大了，成天跨根竹竿村前村后地跑；二子也不安分，见不到他哥就闹。广柱媳妇又怀上了小三，肚子沉沉地追不上小二，只好在院门口扯直了嗓子："铁蛋，来！唱给你弟听！"铁蛋跨着竹马飞奔而至，绕着他们转圈，边跑边唱："大马大马一丈高，咯噔咯噔四处跑，马头在南尾巴在北，整个身子看不到。"唱着唱着，大人、孩子都笑了，看得村里人眼热。

配种的事那些年格外忙乎，连铁蛋都看熟了。凡是有人隔着墙头叫："家里有人吗？"他就抢着问："到正日子了吗？"小孩家不懂事，乌骓丢了之后他还那样问。

乌骓是 1956 年冬天丢的。

那天李广柱约了金铎嫂一路上集。他们起了个早，到了集上雾气还没散尽。她不愿在牲口市多待，牲口嗷嗷地要交配，她一个女人家自然脸上搁不住。她去卖辣椒、蒜头、芥末的地方等他，那儿清静。

乌骓配过一回之后，李广柱看着日头高了，寻思着她在干啥，揣上干粮就朝集市那边去，路过货郎担时还给她买了条鲜绿的头巾。

她呆呆地坐在色彩斑斓之中。"完了？"

"才配过一个，得过了晌午才中。"

"那你来弄啥？"

"怕你想我。"

"呸！"然后她就看着他手上的头巾愣住了，"啥？"

"给你的。"

她嘿嘿地半天说不出话，围上头巾后又不让他看，害得他跟着转。"我瞅瞅，我瞅瞅。"然后他眼就直了。

"啥?"她白了他一眼。

"真俊。"

"别胡咧!这是哪儿啊!"

到了吃馍的时候他还是忍不住一个劲瞅她。她压低声音说:"你吃呀!都半晌了咋还不饿?"

他凑上去说:"我一想和你那样就不饿!"

"啐!"她正要大叫,忽然意识到这是在哪里。他跳起来往回走,脸上还带着那样的笑。李广柱喜欢看她着急的样子。有一次她以为怀上了,见到他就问:"咋办?你说咋办!"终于有一天她自己红着脸说:"来了哩。"他呵呵地笑,她就掐他胳膊。后来他总拿那回的事逗她。每次她都急,她一急他就想要。但从那以后,她就让他丢在外面。"可不敢再搁里头了哩!"她说,脸红得像块布。

那天李广柱边吃边笑朝回走,身上暖烘烘地来到牲口市。"啥?!"他大叫一声,馍从手中落下。独轮车还在,乌骓却没了,一袋粮食也没了。牲口市空荡荡的。

"我的马呢?啊?谁见我马没?"他逢人就问,"见我的马没?见我的马没?"人们摇头或朝他瞪眼。

他到处转。赶集的人开始收拾东西,他还愣愣地看着,觉着浑身冰凉。然后有一点鲜绿的颜色越来越近,金铎嫂终于张着嘴站在拴牲口的木桩外。"啥?"

"乌骓,没了!"他拍腿,却把自己拍倒了。

很久他们才上路。她一路说:"反正那马是捡的,还给你挣了恁多粮食哩!"他不答话,暗红色的太阳就像是血,让他腿软得走不动。快到李庙的时候,她先走了,还扎着那条绿头巾,但李广柱已没有任何感觉。他把独轮车朝路边一搁,蹲下想大哭一场,可就是哭不出来。

天黑了他才进村，还没到家门口，就听见铁蛋和小二的声："大马大马一丈高，咯噔咯噔四处跑，马头在南尾巴在北……"

"唱啥？"他推门大叫，"唱！唱！给你们这些鳖孙唱得真就看不到了哩！"

那个冬天真不是人过的日子。他不出门，也不说话，每回起夜给牲口添草就在牲口棚待半天，直愣愣地看着原先拴乌骓的地方。回到屋里，要是媳妇问他"可冷"，他也只是"唔"一声。有时媳妇钻进他的被，热热地贴上来抓住他搓揉。半天，她问："你咋啦？"

李广柱不知自己咋了。媳妇揉他，他就想起乌骓，越想越不管事，只好朝天躺着，任她的手一上一下。"以前你可不这样！"媳妇最后说，爬回自己那边去。

别说媳妇揉不起他来，那些日子里他连金铎嫂都没想起过一次。那年雨水来得早，铁蛋和弟弟们不能出门，就贴着门框伸头出去，隔着雨水看牲口棚里探出的小骡驹子的脑袋。李广柱不让唱"大马一丈高"，可他们还是不在意就唱了出来，尤其是这种天气。他们一唱他就吼，他一吼媳妇就跟他吼，最后总是他垂头跺脚，唉声叹气，可没过多会儿"大马一丈高"又伴着滴答的雨声响起。

春雨中大立来找过李广柱一次。大立到那会儿还是单干，想在春忙前加入一个组。李广柱在炕上迷糊，眼睛还没睁透就问："你家母马尿线啦？"

大立想笑没敢笑，坐在炕沿上和他说加入他们组的事。李广柱这时才醒了，原来大立已然和金锁说过，是金锁叫他来找李广柱的。李广柱蔫蔫的还没回答，大立又说："我有牲口！你的马不是叫人给偷了吗？我家的马也是乌骓的种，到时你牵驴子来配就中。"

李广柱眼睛一瞪，憋了半天没说话，最后他又朝下一躺："我说不好，你找他们商量吧。"说完就翻身冲着墙。半晌，大立深浅不一的脚步在他身后响起，一直响到雨地里去。"连乌骓配下的种也能当招牌了！"他想到自己那天为看金铎嫂一眼而离开牲口市，心就揪着疼。

他没料到几年之后大立让他为那天的态度付出了代价，这代价到 1981 年秋天他蹲在地头上时还没付清。

雨下了几天，下出了倒春寒。大队长冒雪来说大立的事。"互助组要扩大，先是几个组，再是几个庄子，一联合，咱就能成立一个初级社，人人都得入，你这会儿咋还不要大立呢？"

李广柱埋着头说："我的马丢了。"

"那马不丢也不能干活啊！"

金锁就提议组里买匹马。大家一合计，每家拿点粮食，到三门峡骡马大会去换匹马来，要既能干活又能配种的。金锁高兴了："广柱、二牛，你俩受累，去骡马大会上看看！"

李广柱看着大家。这事有点突然。要是组里买了马，搁哪家喂？还上集配种不？挣回来的粮食咋说？但大队长笑眯眯地等他说话，金铎嫂也偷眼瞅他，他就答应了。二牛嚷嚷着第二天就上路。

走出金锁家，他和金铎嫂一言不发朝前走。自从乌骓丢了之后，他们就再也没在一起过。到了她院门口，她说："你要去？"

"得去哩。"

"啥时回来？"

他看到她的眼神有点飘，就像每回被自己搂住时那样，但他这会儿一点都不热。

"说不好，十来天吧。"临转身时他看见她的眼睛一黯。

山南县离三门峡二百来里地，李广柱和二牛用独轮车装着粮食，一个推一个拉，眼睛时刻盯在车上。他俩顿顿都是干粮就大葱，连口热水都舍不得喝。路上人们来往不息，都带着牲口，看得他俩眼发直。最多的是牛，歇在路边倒嚼，满嘴白沫。赶牛的冲他们叫："买牲口吗？看看我这牛。"

"咱买马。"李广柱总是说。

"还是牛好啊，力大，还省事。"赶牛的说，"地里等着干活，你们出个价就牵走吧。"

二牛眼浅，给人说得喜滋滋的。"广柱，你说呢？"

"不中，咱就得要匹马！咱走！"李广柱赶紧站起来，生怕二牛再和人家唠下去。

听得多了，二牛就开始犯嘀咕："听他们这么一说，牛也不赖。"

李广柱不回答，只管朝前推车。离三门峡越近，他再找一匹乌骓那样的马的愿望就越强烈。

"牛还便宜哩！"

"咱只要……马！"李广柱咬紧牙关，二牛一说话就忘记拉车。

"咋非得买马呢？"

"马通人性。"

"我听人说，牛通人性。"

"牛没有马通得恁多。"其实李广柱从来没养过牛，只是觉得就该是这样的。后来他只拣见不到牛的地方歇脚。

第四天头晌他们到了。站在山坡上一看，骡、马、驴、牛一片一片的，尘土四起，乱哄哄地叫。他们都是第一次来骡马大会，从来没见过这架势。

"广柱，广柱。"二牛不停地叫，他却看呆了，直到二牛推他一下，"咱朝哪儿去？"

李广柱拎起车把："走！朝马的地方去。"

下到市场里，热热的臊气扑面而来，贩子们操着各地口音从四面八方向他们吆喝："这儿看，这儿看！看了再说！""这牲口还有吗说的？你说！"他们不敢站下来和人家讲价，在牲口群中转了半晌。

二牛去找水喝的时候，李广柱四下打量，寻思着后晌咋办。这时他看到一匹黄马。

"大兄弟，你懂马！一看就知道啥马好。"马贩子说，"五岁口，正当年哩！"

"要多少？"这是李广柱那天第一次开口问价。

"四百斤麦子。"

"恁贵？"

"大兄弟，这还贵吗？这是种马，哎，大兄弟……"

"二百斤。"李广柱已经回身。

"那可不中。大兄弟，"那人拽他，"你给三百斤吧，我大老远来的。"

"三百斤？"李广柱犹豫着。这时远处传来一阵马嘶。他浑身一抖，猛然转头：一匹黑马扬起前蹄，如同鹤立鸡群。"乌骓！"李广柱嘟囔了一声，撒腿就跑。"乌骓！乌骓！"他喊得声嘶力竭。

乌骓眼睛瞪得滚圆，不停地跺着蹄子。它的脸上、脖子上有带血的伤口。

"乌骓！"李广柱扑上去抱着马脖子，"乌骓！可找到你咧！"

乌骓扭过头，贴着李广柱的脖子蹭。"乌骓！乌骓啊！"李广柱只觉得想哭。

"嗨，我说，你弄啥？"

李广柱回头，两个男人站在那里看着他。

他搂住马脖子说："这是我的马。"

"你的？"其中一个撸起袖子就要上前，另一个拦住他，说："给三百五十斤麦子，你就牵走，咱也不赚。"

"这是我的马！"李广柱大叫。

"你的马？"第一个人上前抓住李广柱的衣领，"你撒手！"

"广柱！"二牛端着水瓢跑过来，"咋啦，咋啦？"

"二牛，乌骓在这儿！"李广柱还抱着马脖子。

"你撒手！"二牛对那人说。那人还没回话，二牛就把水朝他泼去，乘势扑上去和他滚作一团。

"谁？找死哪！"七八个男人拿着扁担、木棍围住了他们。被二牛压着的那人翻过身来，又给了二牛几下。

"这是我的马！"李广柱又叫。

"给三百五十斤麦子就是你的，少一两你把手拿走！"

"这是我的马！"

"你撒手。"他们围紧过来。

李广柱和二牛瞪大了眼睛。

"撒手！"为首的咆哮起来。

"二牛，把粮食给他！"李广柱忽然叫道。

"啥？！"二牛愣住了。

"把粮食给他啊！"李广柱近乎大叫。

二牛愣了一会儿，抹着嘴角的血，在他们的注视下去推车。

他们又回过头来看李广柱。一张张毫无表情的脸，脸旁边是竖着的扁担和木棍。

他记不得他们是怎么走出市场的。歇脚的时候他捧着粮食让乌骓吃，看着它的伤口，鼻子直发酸。

"这事真窝囊！"二牛终于说。他不看李广柱，扭着头坐在几乎空了的独轮车旁。

"乌骓找回来就中。"

"那组里的马咋办呢？"

李广柱愣住了。二牛嘴肿着，伸着脖子看他。

"这不就是组里的马吗？"

"这还是你的马啊！"二牛说。

李广柱张大了嘴说不出话。

"组里可等着牲口干活哩！"二牛扭头嘟囔道。李广柱这才意识到自己干了什么。后面的路二牛推车越走越快，每次李广柱抬头都发现他的身影已经小了。"咱尽顾着说话了，"他对乌骓说，"得快点哩！"

快到家的时候，他们终于一起走了一段，二牛憋了好一阵子才说："到家……你先把马牵回去，我去和金锁商量商量……"

"商量啥？我都说过了这是组里的马哩！"李广柱叫道。

二牛不说话，李广柱一个劲瞅他，他还是不说话。

果不其然，金锁不乐意："那是大家伙儿的粮食！就换回他的马？你这是咋办的事儿？"二牛还想说李广柱的想法，立刻被金锁打断："那马本来就不是他的！那是陈金龙的马！是战利品！再者说，谁抓住陈金龙的？"

二牛张大了嘴。他从来没想过这事。

二牛通知李广柱把粮食还给大家时，李广柱还强调乌骓绝不比其他马挣得少。二牛只好向他复述了金锁的话。李广柱这才瘪了，瞪着眼半天说不出话。二牛一走，憋了半天的媳妇说："咋的？你还真想把马给组里？"

李广柱吞吞吐吐地说："我寻思，以后初级社……啥都是大家的，把它给组里倒也中……"

媳妇半天才说："那你还换它回来弄啥？"

"我不是一见了它就顾不上了嘛！"李广柱急了。

那一夜他俩翻来想去，最终认定：不管到哪会儿，人都有歇着的时候，把乌骓牵到集上，挣的粮食还是自己的。

第二天李广柱挨家去还粮食，很久以来第一次跨进金铎嫂的院子。她也说："这不都要那啥社了吗！你还留着它弄啥？"

李广柱此时已经坦然。"我也想给组里算了，可金锁、二牛都不要哩。你称称，一百斤。"

"你跟我还说啥？"金铎嫂嗔了他一眼，"要不是你帮着我，我哪来粮食换牲口啊？"

李广柱笑一笑，站了起来，可眼睛就离不开她了。

"啥？"

"你家的毛驴咋样？"李广柱轻声问。

"你咋不问人光问驴呢？"

"问驴就是问人。"他憋不住笑了。

金铎嫂过来就拧他，他一下子发觉又回到了过去。她也是，一个劲地搋，搋都搋不住。在她忽然咬紧牙关时，他明白了乌骓不仅是一匹马，把它换回来值。

李庙公社是山南县第一个成立的。大队长在县人武部待了几年，越待越清闲，县委问他愿不愿意下去抓一个样板，他立刻说要去李庙。于是他就穿了一件洗得发白的军装，扣子一直扣到下巴，喜气洋洋地坐在"李庙公社成立大会"的主席台正中，人们开始叫他"郭书记"。金锁穿着志愿军军装坐在大队长身边，胸口挂了好几个奖章，他一下子成了公家的人，瘦瘦的脸上泛着红光。

大队长来当书记，李广柱很高兴，可金锁也一脸严肃坐在上面，他又觉得不是滋味。大队长讲完了话，李广柱跟着喊口号，喊得特别响。金铎嫂远远地捂着嘴笑。

公社设在老祠堂，门口放着张桌子，大家就在那里登记入社。金锁那些日子都穿志愿军服，身后是一块"李庙公社"的小木牌，两个人围着他忙前忙后。

轮到李庙村登记的那天，全村都早早出动了，在老祠堂门口聚成了团。李广柱晚到一步，就听二牛嚷嚷着什么，大家围着他笑。大立见李广柱走过来，故意很响地说："还是公社好呀！我入互助组都没人要哩！这下公社了，看谁还能不要我？"李广柱赶紧把头扭开。

开始登记的时候，二牛首先走上去："金锁，算我一个！"

"你不算也不中啊！"金锁说，"有啥入的？"

"啥都没有！"二牛大声说。他的名字就在笑声中被写上了。

"他兄弟，我咋入呢？"轮到金铎嫂时，她问。

"嫂子，我给你写上。"然后金锁抬头问，"有啥入的？"

"有头毛驴，中不？"

"毛驴算小牲口，不用入。"

"那我还有啥啊？"

"这就中。大立，你呢？"

"要是毛驴不算，我入一匹马、一头骡子。"

"中。"

李广柱走上去："金锁，我入一匹马，一头骡驹子吧。"

金锁扬眉看着他，好像有很大的疑问似的。

"毛驴不是不要吗？"李广柱解释说。

"你只有一头骡驹子？"

李广柱尴尬地笑笑："上次从骡马大会回来，欠大伙儿的粮食，我拿原先那头骡驹子换粮食了。"

金锁看着他没说话。

"我不是还有一头嘛！"

"那小骡驹子管啥啊？"金锁很严肃。

"那我只能算一匹马？"

金锁盯着李广柱的眼睛，慢慢地说："你那马犯套，入社干啥？"

"哎，金锁……"他愣住了，旁边的人都盯着他看。"金锁！"他又叫了一声，但没想起下面的话，只是争红了脸瞪着金锁。他又看大家，大立嘴角上带着笑。

金锁冷冷地说："我把你的名字写上了。"

"那我留那马干啥呢，啊？"他叫道。

"是你自己要的。"

"金锁，咱可是搁一块儿打过仗的！"

金锁不说话。他们对视了好一会儿。

"大队长呢？我找他说！"李广柱终于说，掉头就走，背后是一片沉默。

大队长学习去了。李广柱愤愤地踏上了回村的路。村里人感觉这事不同一般，聚在一起窃窃议论，一见他就停下了。从他家门口经过时，他们斜着眼睛看，看见他在就扭头。李广柱就咬着牙在心里骂。两天下来，媳妇着急了："咱留着它有啥用？没人来配种还要糟践粮食，你去找大队长说啊！"

大队长没回来，金锁还在老祠堂门口坐着，他们见了面也不说话。李广柱回来，媳妇老远就问："咋说的？"李广柱不回答，径直朝屋里走。"大队长咋说的呀？"媳妇依然嗓音震天。她无法理解他的难处，也不明白他为什么不敢指着金锁的鼻子骂他没良心。

李广柱终于吞吞吐吐地说："那时候是他和二牛……抓到陈金龙的……"

她一愣，然后大叫："可他当时是挂了花四乡里风光过的，现在又挂了牌牌，你呢？"叫的时候她指着门外，好像金锁就站在门口一样。

大队长终于回来了，李广柱见面就嚷："大队长，我那马咋弄啊？"问得大队长莫名其妙。等他把事说完，大队长愣了一会儿才说："那马可没少折腾你啊，广柱。"

"我们是一个组的，还都在县大队打过仗，大队长，你说……"

大队长拦住他："不要把矛盾闹大了。我再了解了解情况。那马……我看也能入社，就专门配种，行的话就让你当饲养员。中不？"

许多年后，李广柱记起了大队长当时的话，"那马可没少折腾你啊"，莫非他当时就觉出了后来的事？

下午开会的时候，大队长不经意地问起了李广柱的事。金锁说那马犯套，不能要。可乌骓那几年配种已配出了名气，其他同志还是觉得该让它入社。金锁立刻指出那是陈金龙的马，现在是公社，咋还能让它成天不干活，就牵母马、母驴来给它配？他激动的样子使大家不知所措。

"公社的马送去给陈金龙的马配，这成啥了？"他又说。

"那配出来的马不还是公社的吗？"有人说。

"那……公社的马都是反动派的种？"金锁涨红了脸。

没人说话了，大家都看着大队长。大队长打着圆场说："现在咱牲口还不够，自个儿有牲口能配种那最好，种牛、种猪、种羊咱都能要。那匹马我看就先入了，以后有了更好的再换。广柱是县大队上下来的，打保安团的时候还立了功，互助组表现也不错，说起来咱都是战友，我看，就让他当个饲养员吧。"大队长还说他会后要和金锁个别交换意见，这事才大概定下。

消息传到李广柱家，广柱媳妇当时就说："他有啥？还是得听大队长的！我说他还能比大队长强了？公社还是大队长说了算啊！"她冲着门外说给全村的人听，李广柱也不拦着她，还摆出很坦然的样子。传消息的人立刻觉得不该多嘴。

第二天，广柱媳妇在田头嚷嚷开了，还把以前的老账都翻了出来。人们停下活听她说，见她说得厉害了，又赶忙低头干活，不敢搭话。她却越说越起劲，还叫金铎嫂出来证明他们从来没亏待过金锁。金铎嫂红着脸头都不敢抬，直到广柱媳妇晃着大奶子家去喂孩子。

下午，六队长上门来了。他进来就要喝水，然后边吹气边四下打量："你这几年不赖啊！"

李广柱坐在大队长对面，媳妇和孩子们站在两边，咧嘴傻笑。

大队长要他白天把马牵去，晚上还牵回来，每天算他两斤饲料。大队长每说一句，李广柱就说"中"。广柱媳妇赶紧问："那他就算政府的人啦？"

大队长开玩笑说："广柱家的，你要是再生十个孩，你也是政府的人哩！"

媳妇羞红了脸，赶紧把孩子们朝外推。大队长笑着看他们朝外走，等他扭回头时，已经满脸严肃了。"我得跟你说，这次我和金锁交换了意见，主要还是那匹马的事……"

"马咋的？"

"他说了，马是战利品，我就不该给你。"大队长拦住他，"还有，马也不是你缴获的，凭啥你拿？"

李广柱瞪着眼，说不出话。大队长一摆手："这事就别提啦，说起来我也做得不对。"

"可你是书记哩！"

"可别恁说！"大队长赶紧说，"现如今都是运动，谁有点啥都不中！"

李广柱张着嘴半天说不出话。

然后大队长说："金锁还有点情绪，我寻思着把金铎嫂说给他，你跟金铎嫂熟，你说咋样？"

跟着大队长，李广柱从来没有过不踏实，但那天朝金铎嫂家去，他却两腿打飘。大队长刚说完，金铎嫂就直瞪李广柱，眼珠半天不动，后来她哭了，没有声音，只是头越垂越低。

大队长示意李广柱劝劝她，李广柱张了几下嘴，却说不出话。大队长瞪了他一眼，只好自己开口。他说了很多金锁如何好的话，但金铎嫂始终没应声。走出来之后，大队长叫李广柱时常再来说说。

晚上，他和乌骓走了很远。他不说话，只是希望能一直走下去，再别回来。乌骓很懂事，连蹄声都比平时轻得多。他最后还是站下了，从今往后，自己就是公家的人，而且那事是大队长做的媒。"那也好，"他终于说，"啥问题都解决了。"

快回到村里的时候，金铎嫂从大树后闪了出来。他一点都没有惊奇，只是四下打量了一下。她还没说话就啜泣起来，一下子背过身去。"你……好没良心……"

"是他说的，他是书记，我咋说啊？"

"那咱俩咋办？"这是她这么多年来第一次这样问，偏偏在这个节骨眼上。"你说啊！"她转身朝他叫。

李广柱赶紧捂住她的嘴，就在他四下打量的时候，她倒在了他怀里，边哭边朝他肩上打。李广柱任她打了一会儿，把她搂住。他看见乌骓正敞开了在田里啃，略一犹豫，又从大褂底下握住她的奶子。

她低声说："你说咱咋办？"

"现在这样也不中，不如你就……"

"啥？"她猛地推开他的手，"你？！"

"你轻点！"李广柱还想拉她，她却捂着脸跑了。他犹豫了一下才去追，却差点撞倒一个人。

"广柱？'大立摇晃着，一股酒气扑面而来，"啊？金铎嫂……她咋啦？"

李广柱最初到配种站的日子是提心吊胆的日子。他拿不准大立那晚到底看出了啥，所以每天早早起来，趁人家还没起床溜出村子，就跟做贼似的。到兽医站、粮管所的人来上班，他已经把配种站里里外外打扫了几遍；天擦黑了他才牵着乌骓动身，吃了就上炕。这样的日子一直过到金铎嫂改嫁金锁。

喝喜酒的那天，李广柱偷着眼瞅金铎嫂。这些日子没见她，她好像有点变了，可又说不清变了哪儿。她一直低着头，李广柱看不真她的脸。到她给大队长敬酒，仰着脖子朝下灌，李广柱才看清她比过去苍白，笑得也不一样。

他还在出神，他们已经到了他的桌前。

"广柱，咱敬你一碗。"金锁在脸上堆出了笑。金铎嫂低着头。

"不中不中！"二牛拦住他们，"广柱给你们做的媒，你们得敬他两碗，还有一条，滴酒罚三杯，大家可看好了啊！"

"二牛，你也来，咱以前都是一组的。"金锁说。

"不中！你和嫂子得专门敬我哩！"

大家都在看。李广柱不知说啥，伸出碗就碰。她的手在抖！李广柱赶紧把碗遮住脸。再看她的时候，她又垂下了眼。他们仨又碰，一声不吭而且一饮而尽。大队长带头喝彩，金锁赶紧嘿嘿地笑。

在金锁拄着拐走向二牛时，她看了李广柱一眼，眼睛里像是汪满了水。他担心她憋不住，一直盯着她看，她却再也没回头。她和二牛也是碰了就喝，喝完第二碗立马捂着嘴朝屋后跑。李广柱以为她会摔倒，但她一直坚持到了屋后。他愣站着，哄笑声却从四面响起，然后他隐约听到了哭泣声。有人叫道："快去个妇女看看金锁家的咋的啦！"

"金锁家的？"李广柱有点迷糊，然后意识到金铎嫂从此就是"金锁家的"。她不再是金铎嫂，也不可能再跟他叫亲祖宗了。

他忽然睁大眼，这样我不就踏实了吗？他又想喝酒，这才发觉酒碗还没给倒上。

第二天他起得很晚，到了配种站烧着火又走神了。西圩村打谷场上的暗红的余烬……小孩们窜来窜去……月亮出来的时候她将头发……她的手真暖和……身子滚烫……抿着嘴笑……眼神打飘……脸红得跟绸子似的……

他发觉自己既踏实又空落落的。

他拎着饲料走出锅屋，正碰上金锁拄着拐从围栏外经过。"金锁，今天咋也没歇着？"

"没歇。"金锁没有一点笑的意思，只停了一下，然后又拄着拐赶路，悬在半空的腿晃得厉害。

"他知道了？"李广柱看着他的背影想，隐隐感觉到自己和他之间的事没完。

"可不，到这会儿还没完！"1981年秋天的李广柱老汉蹲在田头说。太阳贴上西边的山梁，地里的小牌牌们拉长了影子。

回家后，他就听说了金铎嫂和金锁的事。太阳很高的时候，四大爷去金铎嫂那里叫门。四大爷家没有房子，只好让他们先在金铎嫂那里将就着。大家围过去听，却听到了金锁在骂，还摔了东西。他面色铁青地出来，话都没跟他参说。广柱媳妇和几个妇女进屋，金铎嫂正蜷在炕沿旁边的地上哭，问啥都不说。

李广柱听完也啥都不说。媳妇问："你咋咧？"

"啥？"

"脸咋恁白？"

"我脸白？"后来他就不记得自己都说啥，脑子里炸雷似的一遍遍地响：事情没完，事情还真的没完哩！

没过几天，他就在傍晚的村外见到了金铎嫂。她背着光，几根头发伸在晚霞中红红的上下晃。"你？！"他吓了一跳。

"你咋不遛马了？"她问。

他半天才回答："每天来回走恁些路，还……那个啥？"

"你躲着我！"她侧过身去抽泣起来。

他赶紧四下看看。"你，啥事？"

她猛然说："咱走吧！"

"啥？上哪儿？"

"随便上哪儿，咱走吧！"

李广柱还愣着，她又说："他不是个男人！"

"啥？"他好久才明白了她的意思。

这里面没他的事！他是清白的！一块石头终于落了地。

"你说！那会儿你咋恁爱管呢？"

李广柱只是四下打量。

"没种的东西！"她跺着脚说，"和他一个熊样！孬熊！"

她走了之后，李广柱的第一反应是牵着乌骓朝公社那边折回去。心里既紧张又轻松："她以后不会再找了，她都骂过了哩！她骂我没种，还说我是孬熊。到这会儿我咋有种？我不孬也不中啊！骂了好，骂了她就消了气。事情就该派这样，还能咋样呢？"时远时近的狗吠淹没了乌骓的蹄声，他就更踏实了。

可是所有的事都没朝"该派的"方向去。接下来大家就吃食堂了。一到吃饭的时候，大人、孩子围成了堆，吃馍、吃菜、喝汤。每顿下来，粮食满地；豆子熟了也没人去收，噼啪地炸在田里；家里的铁家伙都拿去炼钢，小高炉的火苗伸出来像个舌头，给啥吃啥，连配种站的大铁锅也喂了它。

二牛带人来拿铁锅时，李广柱不肯。他说乌骓配过种得喝热水，二牛立时恼了：

"炼钢可是现如今的大事，这马连拉车送点柴火都不会，还得喝热水，它是啥？"他们不由分说掀起了大锅，当院砸碎了扔到车上。

钢到底没炼出来。李广柱后来去那儿看过，一块地皮烧得跟砖头似的。

日子艰难了，他一家人就是靠乌骓活下来的。

大家想起了要种地，配种站又成了重要的地方。上面给了李广柱一口锅，可尺寸差点，放在灶上不严实，一生火满屋都是烟，还没烧好乌骓就开始叫了。

"烫着哩！急啥？"李广柱一面喊着，一面把小米糊糊朝桶里舀。给牲口吃的小米总是有股子霉味，里面沙子也多，李广柱顾不了那许多了，在用木勺搅和小米糊糊的时候他就喝几口，到了喂乌骓的时候，他还不时地从它嘴边舀起一勺，和它一道喝出哧溜哧溜的声响。

乌骓瘦了，毛色灰灰的。他边吃边说："人都没吃的了，要不我咋能吃你的呢！这都是炼钢给炼的！"

乌骓不理他，吃得飞快。他再想舀一勺，木勺就碰到了桶底。"你也没吃饱啊！"他叹息着把桶收拾了。

每天二斤的粮食补贴那会子停了，李广柱只能在临回家时抓一把小米或掰一块豆饼。媳妇把能找到的东西都搁在锅里，就等他回来撒下那点干的，而四个儿子就不停地窜到锅屋来看。他们的头发都很长，看上去一个比一个瘦，只有刚吃完那会儿肚子还有点鼓，没到上炕的时候就又瘪了下去。李广柱看着儿子们那样就不吃了，把肚子留到第二天，和乌骓一起分那点小米糊糊。他对大队长说乌骓得配种，那点饲料不够。

"人都配不上了，哪还顾得上马啊？"大队长就是这么说的，然后叫人给李广柱送来一杆秤，要他把精饲料匀着用。李广柱就在每天称好饲料之后，再从秤盘里抓一把藏起来，乌骓给他挤得越来越瘦。

不过，因为粮食金贵，私下里也有人来找他配种，说好天黑了在哪儿等着。他像做贼一样把乌骓牵去，再偷偷摸摸地溜回村子，从鼓囊囊的胸口掏出几斤粮食交给媳妇，一再叮嘱她藏好了，连儿子都不能说。

他真的把金铎嫂忘了。直到有一天，他在黄昏的地头上遇到她。她坐在地上挖野菜，已经完全失了形。

"是你？"他像是自言自语。

金铎嫂没说话，眼睛直直的。

"你咋样？"李广柱走近蹲下，"手都肿了哩！"

"腿也肿。"她说。

他这辈子见过的最好看的，还和他睡过的女人连眼珠都不会转了！李广柱没多想，从怀里掏出小包袱塞给她。"给。"

"啥？"她还是木木的。

"粮食！别让金锁知道！"

她看着他，不哭也不笑，只是看。

回到家，李广柱对媳妇说："今天没有粮食，你把藏着的粮食弄上点。"媳妇赶紧问："以后呢？"

"说不上来，"看着她怔怔的样子，他又说，"真说不上来。"

那年的麦子稀落落的，长得特别慢。好容易等到麦子灌浆了，就有人偷割麦子。半夜里好些人家锅屋冒烟，大家都明白是咋回事。

大队长在会上说："这样下去公粮咋交？"然后他朝民兵队长一个个地吼："你们村民兵都是干啥的？"

他们都不说话。

"从今天起，都别回家，给我日夜巡逻！"

虽然大队长吼得响，大家还是松了口气：剩下来的人有熬头了。

开完会回家，李广柱在金铎嫂家门口犹豫了一下，然后毅然拐了进去。"有人吗？"他站在堂屋门口问，里面黑洞洞的。

"谁？是……广柱？"她的声音从里屋飘出来，没有一点力气。

里屋更黑。"你咋啦？"李广柱问。

"我晕，躺着哩。"

他走到炕沿把小包袱塞给她。"金锁今晚不回来。你弄点干的吃吧，能起来不？"

她半天没吱声，然后他摸到了她的手。她的手在抖。

"你咋啦？灯在哪儿？"

灯亮起来。她已倚在炕头，衣襟湿了一片。"没有你……我不得活哩……"她的眼睛眍得厉害，比上次见到时更糟。

"快了，收了麦就中。"

"广柱……"她说不下去，朝他身上偎过来。

他僵直着让她偎了一会儿。"赶忙起来弄了吃吧，我得走。"

"你不是说他不回来？我可恨死你了哩。"

"还恨不？"

"恨。"她说，却靠着他一动不动。

李广柱从她敞开的领口偷眼朝里看，忽然愣住了。他猛地撩开她的衣服，只见她肩头、胸口都是青紫块。"这是咋的？"

"他咬的。"

"啥？！"

"他不是男人……"她哭着说，"他不是人！"

李广柱闭着眼把她搂紧，没有任何欲念，只有心被揪紧了的痛。

那天回家，他叫媳妇把藏着粮食拿出来。"从现在到收麦，"他说，"配种站没粮食了。"

麦收过后，李广柱家又添了头小骡驹。按说饥荒结束了，这时候添了骡驹子，该算是喜事，可这些年来李广柱养成了习惯，一见喜事就琢磨它会惹出什么样的祸。母驴还在舔着骡驹子，他就把一家人招到牲口棚里，再三说白天不能让骡驹子出来，牲口棚的门和大门都得关着。

媳妇说："恁大一个活物，咋能不叫人知道啊？马拴在咱家，咱就说不知道它啥时配上的，不就中了？"

"那你给粮食？"李广柱一句话就把媳妇问住了。从此他家成天掩着门，就连铁蛋他们唱"大马大马一丈高"都压低了嗓子。

其实广柱媳妇说得不错，一个活物，不叫人知道是不可能的，应该主动找大队长说，让他决断。可李广柱生怕再给金锁落下把柄，憋着没说。他咋都没料到事情会出在大立身上。

经过了灾难，大立前思后想，还是觉得该给自己留一手。这时候他的母驴尿线了。他跛着脚来到配种站。"广柱，我找你说点事。"

"找我？"自从互助组的事以后，大立从来没找过他。"啥事？"

大立不回答，只管把他朝牲口棚里推。到了里面，大立先看乌骓。"这马……老没？"

"啥？它还和以前一样！"

"恁些年了，它咋还能那样呢？"

"你说配种？"李广柱说，"它中！每天配两回，没事！"

"只配两回？还是不中了哩！"

其实乌骓的确不如从前了。它作为种马的年限是长了点，但李广柱觉得它每天配不了那么多次是给饿出来的。"人饿久了也不中啊！"他说。

大立犹豫了一会儿，然后压低了声音说："那，你给我家驴配个种吧。"

"你牵来不就中啦？"

"牵到这儿？"

"咋？"

"那不得给粮食吗？"

"你是说……"

"你晚上遛马时给配配不就中啦！"

李广柱看着他，半天没说话。饥荒过去了，自己家又添了骡驹子，眼下还是小心为妙，千万不能惹事。"这事可不好办。"他终于说。

"我给点粮食就是。"

"可不敢！"过了会儿李广柱又问，"你还配它弄啥？"

"你看我这样能跟人比干活吗？"大立拍着腿说，"我不得自个儿想点辙，这几年的事你没见，饿成那样谁管？"

李广柱不敢接他的话，转身朝外走。

"广柱，"大立拉住他，"你听我说，还得自己留一手！你给配了谁知道？"

李广柱瞪着他，想起了入社时大立说的风凉话。这没准就是个圈套。"骡驹子生下来还有谁不知道？"他推开大立的手走到门口，"这事我可不能干。"

大立不再说话，只是咬紧了嘴唇看着他。李广柱回家叫家人千万别让人看见骡驹子，对自己当时没听媳妇的懊悔不已。

李广柱从此既躲着金锁又躲着大立，可他咋知道，他躲不过"四清"啊？

"四清"刚开始不厉害，就是开会讲话，还放过一次电影。到人人过关的时候，工作队挨个动员，叫大家给干部提意见。大家憋了几天，不约而同地想起了早二年受的罪，意见一下子就多了，而且事无巨细，城里来的工作组搞不清楚，只好让大家"面对面"，干部们从来没料到群众中竟然蕴藏着如此巨大的力量，赶紧缩着脑袋，任大家走上来指着他们骂：

"我说了咱只会种庄稼，咱不去炼钢，你们还偏要我那口锅！你们造啊，啥都烧了，钢呢？没有钢就还我的锅！"

"炼啥钢？到要干活的时候，农具都没了！叫我使木犁耕地！咋耕？新中国成立前我就使铁犁了哩！"

"食堂就吃了几天，到了身上都肿了，你们谁来过？咱孩他妈没熬过来……"

一提死去的亲人，大家就嚷嚷开了，工作队要大家一个一个地说也没用，大队长只好站了起来，说："这事不能怨哪一个人，'大炼钢铁'是当时的形势，谁知道事情就到了那一步……"

"你们干部咋没人饿死啊？！""你们活得滋润得很哩！"会场更混乱了。

"一个一个说，一个一个说！"工作队又叫。

"说就说！"大立一瘸一拐地走到前面，"你们这些干部，哪有为群众着想的？我自小腿就坏了，到互助组的时候，金锁还不要我。"大家的目光投向金锁。

"我自个儿也残哪！"金锁说，"我说了不算，让你找广柱的嘛。"他看着人群中的李广柱，"广柱，你说是不是？"

"咱那会儿就两个劳力哩！"李广柱在人群中说。

"李广柱，你是啥好人？"大立嗓子提高了。

"我咋了？"李广柱有点胆怯。

"公社的种马，配种要交粮食，你家的驴都下了骡驹子了，谁见你交粮食的？！"

李广柱脸顿时通红，大家看着他。

"你把骡驹子关着，当我不知道啊？晚上你把它放在院子里，我都见了。这算不算多吃多占？"他问工作队。

"你来，"工作队队长指着李广柱，"怎么回事？"

李广柱想朝前走，可两条腿像是灌了铅。他自己都不知道是咋走到前面去的。

"怎么回事？"队长又问。

"那马……那马跟毛驴拴在一道，它要是夜里配上的，我咋知道啊？"

"啥！"大力叫道，"夜里配上的？哪家不把牲口拴好喽？它能有那么长，还够得到？"社员们哄笑起来。工作队的人不理解，赶紧问："笑什么，笑什么？"

李广柱看见大队长也想笑，但绷住了。

"那，"工作队队长很认真地对大立说，"这事以后再调查。"

"可得调查，事儿多哩！"大立说完瞄了一眼李广柱，一颠一颠地走下去。大家还在笑他刚才说的话，工作队叫了几次都止不住，就狠狠地瞪了瞪李广柱。

李广柱顿时浑身冰凉，眼前所有的脸都不认识了。

那两天真乱。外面乱，李广柱的脑子更乱。他几次想找大队长说补交粮食的事，可大队长总是被工作队围着开会。媳妇还没觉出事情有多严重，嘴里不停地骂："怪道他恁坏哩，生下来就烂腿！咱啥时亏过他？"

"你别嚷嚷！"李广柱怕极了，真恨不得捂住她的嘴。

"那原先就是咱的马！有啥不服的？"媳妇不怕，反而叫得更响。

李广柱却不住地自言自语："第一次他牵牲口来配，我说了不要他粮食。他们都在，都听见的。"

"凭啥？喂牲口不得粮食啊？"媳妇还在叫，"有啥啊！顶天了就是把马拿回来，咱种自家的地，还有啥不中？这不又要分田到户了吗？"

"种地？"李广柱瞪大了眼。他在那时就预感到自己要回来种地了。

好多年以后，李广柱才知道当时大队长是不想搞扩大化的，但他说饿死人的事哪儿都有，这句话被工作队队长抓住了把柄。"哪儿都有？这是你说的？！"大队长顿时脸色苍白，额头冒汗。

工作队不愧是上面派下来的，他们用了一天半的时间就发现群众反映的问题很多带有普遍性，得向上级请示了才能处理。然后他们集中了半天时间，把乌骓原先是战利品的问题搞得一清二楚。大队长说话都结巴了。

李广柱提心吊胆地活了两天，知道要出事，又不知事情有多大。第三天早上，他还在拉着风箱，金铎嫂站到了配种站锅屋的门口。

"你咋……"他只说了两个字。

金铎嫂钻进满屋的烟里。"你站门口，我来拉。"

"啥？"他还在发愣，她就坐下拽起风箱来。李广柱看得出她也很紧张。

她是来向他报信的。头天晚上，金锁吃饭的时候喝了酒，不住地夸工作队水平高，马上就看出了问题，还说一匹反动派的马，早该收拾了，他一直憋着气。当年是他和二牛抓到的陈金龙的，凭啥把马给了他李广柱？还把他弄成了配种员？啥活都不干，见天跟母马、母驴配、配、配，公社的母马、母驴都给配遍了！金锁当时还拍了桌子："工作队说这是阶级立场不清！那就是有水平，你不服不行！"

"你可得仔细些！"金铎嫂对门口的李广柱说，但李广柱的眼睛已经直了。

"你咋……"她话没说完，李广柱猛地走过来拽起她。

"你赶忙走，赶忙走！"

"那你？"

"你走啊！"

那是他对她说的最后一句话。她愣了一下，低着头走了，脚步迈得很快。在围栏外她又扭头看他，眼睛睁得大大的，一副受了惊吓的模样。

在后来的那些年里，李广柱从来没敢问那天到底发生了啥。只是他媳妇在经年不息的吵闹中逐步弄清了金铎嫂离开配种站后发生的事：

太阳没多高的时候，工作队的人进了村，问大立住哪儿，把村里的人一下子都招来了，挤满了大立的院子。工作队同志关上了门，大家就贴在门上、窗上听。

大立反复强调李广柱说的是瞎话，牲口夜里不可能自个儿配，马和驴都拴在槽上，它们想配也够不到！"你们想啊，马在这边，母驴在那边，它那家伙再长也没恁长！对不对？"大家就在院子里笑，更想知道工作队能把马的那家伙怎么处理，然后他们听见大立提了嗓门："那会儿我们都饿得全身肿了，可他哩，一家人还活得好好的，一个肿的都没有！"

"你看没看见？"工作队问。

大立说："那他肯定是偷吃的！我才说了，他家一个都没肿哩！"

"我们问你有没有亲眼看见他偷吃饲料！"

大家半晌都没听见大立回话，忽然他说："工作队同志，你们要走？我还没说完呢！"

"还有什么问题？"

"他搞破鞋！"大立大声说。

"他搞破鞋！李广柱搞破鞋！"院子里的人立刻重复着，然后一下子寂静下来，侧耳倾听。

"和谁？"工作组的声音。

大立一字一句地回答："和、金、锁、家、的！"

金铎嫂走了没多会儿，来了配种的，进门就叫："广柱，配种！"

李广柱从锅屋里出来，脚软软的，这时他听见乌骓在叫。

"嘀，还是那样啊？"来配种的说，"今天广柱都不急，你倒急啦？"说完冲李广柱大笑。

李广柱笑不出来。他把母马拴到架子上，乌骓已经躁动不安了，缰绳一解，自己就朝前去。李广柱给它拽着，只见它浑身肌肉绷紧，一棱棱地突出着。那时他就想："恁好的种马，咋就是反动派的马了呢？"

乌骓不容他多想，到了架子旁边就腾空而起，怒目圆睁，腮边和脖子上的筋一条条暴起。

然后，它眨眨眼睛。

这样的经过，李广柱不知看过多少次，并无数次地被引得口干舌燥，但这一次他的心里却沉甸甸的：它要是定下来是反动派的马，那我呢？我是啥？他当时根本没想到那是他最后一次看乌骓配种。

"还是这马中！"来配种的舔着嘴唇说。

李广柱想说话可心里咋都不是滋味，这时又有人来了。"哎？刚配过？"

李广柱把乌骓拴好，对刚来的说："得等会儿啦！"

"等吧，我也走累了。"那人放下粮食口袋，一屁股坐上去。李广柱想叫他后晌再来，但犹豫了一下没说。

这一切，到了1981年秋天依然历历在目：他去烧水，刚点上火二牛就跑来了。最后一次配种之后，乌骓没喝上他烧的水，还有，他回来时乌骓没拴在桩子上，已经站不直了。它是喝了水缸里的凉水哩！那人配了种没把乌骓拴上，连粮食都没留下！

"广柱！广柱！"二牛急急忙忙地跑进来。

"咋？"李广柱停住风箱。

二牛喘了两口："广柱，你胆也忒大了！"

"啥？"

"你媳妇堵着金锁家的门骂哩！"

"啊？"

"他们说你跟金锁家的搞……破鞋，你媳妇就去骂！"

李广柱愣住了。

"我说你也忒胆大了！"

"谁说的？！"

"大立跟工作组说的！"

"我没有！我没有！"李广柱大叫。

"赶忙回去啊！要是出了人命你咋办？"

李广柱站起来朝外走，觉得自己的步子飘得厉害。二牛走在他身边不住地问："你中不？"李广柱记得自己好像是点了点头，二牛就说："那你快啊！"

从李庙村到配种站的路，那天李广柱走了好些趟，可他就是想不起来和二牛是咋回到村里的。老远他就听到媳妇在叫："破鞋！死不要脸的！"她的声音已经嘶哑，不像是人的声音。

"你给我回去！"四大爷的声音夹杂在其中，但广柱媳妇的声音还是不依不饶地撕扯着人们的耳朵："一个男人给折腾跑了，你又找一个！你还不够啊，还要勾我男人！"

"你给我回去！"

"破得连鞋帮都掉啦！你给我出来！"

李广柱只记得他一下子看见了金铎嫂的院子里挤满了人。门在拼命地晃，四大爷站在门外把住门栓。"你给我回去！"他扭头叫着，满嘴白沫。

媳妇就站在离四大爷不远的地方朝着门叫："骚货，睡过那么多男人也没见你下一个蛋！"

李广柱刚想说什么，门猛地打开了。金铎嫂两眼发直地站到门口。她肯定看到了所有人，但又好像谁都没看。四大爷跌倒在地，赶紧爬起来拦在金铎嫂面前叫道："你给我回去！"但他立刻闭嘴了。金铎嫂手一拨，慢慢地朝前走，大家都愣住了，一时间鸦雀无声。李广柱觉得现在的她和早上到配种站来报信的她很不一样。

"揍她去！"李广柱媳妇推着铁蛋和小二说。她还没看见李广柱。

"我搞了……我搞了……"大家都听到了金铎嫂的自言自语。"我搞了！"她大叫一声，猛地撕开自己的上衣，向所有围观的人挺起她满是青紫的胸脯。

"啊？！"人群被吓呆了。

四大爷打破了寂静。他捂着脸跌跌爬爬朝外冲。"造孽啊！造孽啊！"但人们没理会他。

"哈哈、啊啊、哈哈……"金铎嫂大叫起来，斑驳的奶子跳跃着，惨不忍睹。

二牛冲上去把金铎嫂推进了屋，扣上门就回头大叫："广柱，把你媳妇拉走啊！"

大家这才回头看李广柱。

"你放开！"李广柱还没伸手，媳妇就挥动胳膊了，"好啊，你跟她干那丢人现眼的事！"

"胡扯啥！赶忙给我回去！"李广柱只顾大叫。

"咋的？你还要打我？"她一头向李广柱撞过来，"你打！你打！"手从空中不停地扑向他的脸。

李广柱头脑里一片空白，只觉得自己的腿在抖，想和她对打也没有力气了。他胡乱地挥着手，还不停地叫："你给我回去！赶忙给我回去！"那声音听上去都不是自己的。二牛从后面抱住他时，其实他都快撑不住了。他被二牛拖着走，媳妇追着叫："你还护着那不下蛋的破鞋！你还护着那不下蛋的破鞋！"他记得那时候他听到了金铎嫂的声音"哈哈……啊啊……哈哈"，还有门的剧烈晃动。

后来是二牛叫村里的妇女把广柱媳妇给拉回来的，他叫她们看住她，别让她再去骂，然后拽着李广柱走。李广柱没挣，踉跄地跟着二牛。他到了配种站，二牛扭头朝公社去。李广柱过了一会儿才发现乌骓已经站不直了，他木木地走进锅屋去烧水。

金铎嫂斑驳的奶子在火苗中跳跃，还有她"哈哈……啊啊……哈哈"的叫声。他瞪着火苗，咋都不明白她那到底是哭还是笑。他不时瞅瞅门外，准备着随时有人来抓他。

但没有人来。后来他知道金锁听到了消息半天没说话，大家都看着他。他突然喷出一口血，喷了大家满脸，然后大家手忙脚乱地把他朝县医院送。那天粮管所所长上吊自杀，他多吃多占的问题非常严重，工作队实在太忙。

李广柱到后响才意识到乌骓真的不行了。他跑去找大队长，见面就叫："大队长，乌骓不行了！得赶快请医生给看！"

"谁？"大队长眉毛拧着。他这个样子李广柱从来没见过。

"就是那匹种马啊！"

已经要站起来的大队长又坐回椅子里。"广柱，你都干了些啥？你都干了些啥？！"

"我没干！"

"没干？金锁都气倒了，送县医院了哩！"

"我没干！"

大队长看看李广柱，欲言又止，最后终于说："那马也不用治了，你就牵走吧，配种员也找其他人了。"

李广柱瞪着大队长，可大队长躲开了他的目光。

"那，马也不是公社的？"他终于问。

大队长点点头，还是不看李广柱。

"它、它可是好种马哩！"

"那是阶级敌人的马，当初就不该……"

李广柱张嘴愣了半天，走到门口，又回头看大队长。

大队长这时抬起了头。他们谁都没说话。

那晚回家，李广柱和乌骓都走不动了。路，还是那条，当年他第一次牵它回来的那条，赶集配种拉回粮食的那条，但这一回长着哩，走也走不到头。乌骓的蹄声乱了，断断续续，有几次它还停下了脚步。李广柱回头看它，它张着嘴喘个不停。他不知该说什么，只是拉着它走。

好长的路啊！

乌骓坚持到了家门口，在进门的时候扑倒了。它在地上胡乱地蹬，可就是站不起来。"乌骓！乌骓！"李广柱大叫着拉它，但它的身子却贴着门框朝下滑，两条前腿终于离地，在空气中惊慌地划动，眼睛越瞪越大。

媳妇和四个儿子站在堂屋门口，冷冷地看着他和乌骓，一动不动。都十几年过去了，他们的目光依然让人凉透了心。

"乌骓！乌骓！"他又叫。那声音简直不是自己的声音，空得很，像是从远处飘过来的。

乌骓再也没起来。它躺着，把整个大门堵得严严实实，眼睛就一直瞪着，很怕人。

是二牛帮着李广柱把乌骓埋了的。死了的乌骓装了满满的一板车，白花花的眼睛随着车子晃来晃去。二牛拉着车，李广柱在后面推。二牛走得快，李广柱又老是走神，不时被落在后面，就像是当年在三门峡找回了乌骓后一样。

他们就在李广柱现在蹲着的这块地里挖了个坑，把乌骓掀下去。填土的时候，李广柱有几次想哭，但都忍住了。后来他就坐在锹柄上，手捂住脸。二牛停了一下，然后李广柱又听到了填土的声音，越来越快。

二牛拍着他肩说："走吧，广柱。"

李广柱抬起头说："你先走吧。"他都站不起来了。

二牛走了之后，四下里一片秋虫的叫声。李广柱看着那堆微微隆起的新土，忽然发现自己在哭。"你到底走了。"他说，深深地吸了一口气，"可我咋就弄不懂你到底是哪个阶级的马呢？"

1981年的秋虫和1963年的秋虫是一个叫法，叫得李广柱老汉心酸，对儿子们的气不知啥时就消了。

他从配种站回家后，在屋里躲了些天。媳妇天天哭着骂，骂着骂着就上来打他。他也骂，和媳妇对打时手很重。后来就听说金铎嫂不见了，过了十多天，拾柴的人在乔家山上发现了她，除了条绿围巾，身上啥都没穿。尸体已经发臭，但青紫块还在。很多人去看，都说那是牙印子，于是人们就到处打听为什么金锁要用牙咬自己的女人，而且咬成那样。那时候金锁在县医院躺着，大队长对工作队说是自己给金锁做的媒，可金锁又没说他不行，"这事怨谁呢？还能怨我？他们成了亲，我也不能问啊！"

李广柱吓蒙了，但就是不松口；金铎嫂死了，无法对证；工作队去问金锁，金锁是怎么回答的村里没人知道；大立见出了人命，吓得不敢再说啥，最后这事就这么不了了之。村里人私底下的结论是李广柱和金铎嫂肯定有那回事，再明白不过了。

金锁出院后成天不说话，半年后又吐血，送到县医院后就再也没回来。一年后，四大爷也死了。

对金锁和四大爷的事，李广柱渐渐地就不再去想，但这些年来金铎嫂的影子始终在他眼前飘：她和他看完戏一路回家、她在草垛里叫"亲祖宗"、她扭头努力睁开眼说"你咋恁大的力气？"，还有她最后离开配种站时低垂的头和匆匆的脚步。他和媳妇打那次事情以后就没啥房事了，一般是她把他的手推开，难得有几次争不过他，也是把头扭在一边，睁着眼睛等他完事，再也没为他"尿线"。他汗都没出就爬下来，自己也觉着没意思，而金铎嫂准在那个时候出现在眼前。他想着金铎嫂，自然而然地又想起了乌骓。

这辈子，他有两个问题一直憋着：金铎嫂是咋了？她离开恁些天，咋只到了乔家山呢？还有，最后来配种的那个人到底配没配上？他咋不知道把乌骓给拴上？

1981年，这些问题仍然在秋虫唧唧声中缠绕着李广柱老汉。

"大马大马一丈高……整个身子看不到。"他不知不觉地念出了声。

"真的看不到了哩。"

在西边的山头隐隐地还剩最后一条线的时候，他站了起来。腿有点麻，他轻轻跺了两下，腿肚子凉飕飕的。

"老啦，"他开始挪动脚步，"这辈子再也看不到啦！"

（完）

风中楼阁

　　明城路不长，北边是中山路，南边是光华门，49路、59路、142路三条公交线从这里经过，三站站牌相同。要是有人问在哪换车，司机随口说就这站，头也不抬。在这种路上开车，司机最省心。

　　三站的当中一站叫"彭家楼"，站牌后是一条小巷。站在小巷口就能看到树影中透出的几排红砖的三层楼，有点岁数的人都知道那是改革开放前的式样。这里原先的居民都在别处买了房，但不成套的房子不能买卖，拆迁说了十几年也没见动静，现在都租给外地人住着。这一路沿线都是新小区，里面的住户大多有车，所以三站之中只有彭家楼上下客多，操着天南地北的口音。不时有人嘀咕"这几栋楼看上去一样的，到底哪栋是彭家楼"或者"也没见像样的楼，怎么叫个彭家楼呢"，这些话题通常没人接茬，偶尔有人不耐烦道："南京的地名叫河的不是河，叫桥的没有桥，你别当真。"

樊书华在49路车上不止一次听到类似的对话，每次都想插嘴，可他下一站就得下车，不得不忍了。彭家楼原先的确是一栋小楼，他小时候还在那里住过，原先楼主叫彭汝岱，是个国民党军官。当年这里偏，那楼显眼，就成了地名。那栋楼扒了快20年了吧？樊书华还想着就到站了，下车后再一算，已将近21年了。时光真不饶人，他自己今年年底也该退休了。

樊书华在白下区房管局上班。领导去年就跟他说不用来了，到日子办个手续就行，可他还是天天去。不上班干吗呢？老伴早上跳广场舞，上午去老年大学学国画，下午还参加合唱，他始终不明白她哪来那么大的劲头。他退休后不会那样，但可能会养条狗，要健壮的，可以陪他走很远的路。这几年他对别人家的狗一直很留心，可狗的模样越来越怪，穿衣打扮还美容，那还叫狗吗？他印象中的狗应该欢蹦乱跳一刻不停。小时候他接触过一条那样的，叫花虎。那时他家就住彭家楼。

一个院子立在一片低矮的平房中，从墙外就能看到两栋楼。门口是骑墙的两层小楼，平顶，楼上楼下各有一扇朝外的小窗，像个炮楼；另一栋在院子最里头，三层，灰砖灰瓦，尖顶，门窗框和露台栏杆却是白的，既醒目又协调。院子里其实还有第三幢建筑——厨房，但它跟院墙一样高，从外面看不到，而且它缩在角落里，在院子里也不起眼。大门是灰色双开门，很宽，油漆裂出树皮的纹理，像是跟木头一起长出来的。门上的雨棚一头连着骑墙的小楼，另一头坐在带灯箱的柱子上。水泥路从大门开始，到花坛拐个弯，再延伸到主楼台阶下。路两边是菜地，也有几棵树，似乎永远只有小腿粗。

这就是樊书华记忆中的彭家楼。他到房管局上班后才知道主楼其实只能算两层——阁楼是尖的，最高处也不足两米二，按现在的标准不能算面积。阁楼他只上去过一次，是在那次火灾后，几家单位给出危房的结论，不久彭家楼就给扒了。那是他最后一次踏进彭家楼，两层门房还是孙家住着，老孙已死，只剩他老伴一人，怎么提醒都想不起他来了。樊书华问她孙进勇现在住哪，她哆哆嗦嗦半天也没说出一句完整的话来。孙进勇是樊书华儿时的玩伴，也是那条叫花虎的狗的主人。

那天他看着半边焦黑的彭家楼，努力想象花虎在院子里撒欢的情景，但一切都已陌生，那些树已如人腰粗了，可院子比记忆中的小得多。

樊书华的父亲从部队转业，被安排到钟表厂。樊书华就跟着母亲从河南农村到了南京，那年他6岁。起初厂里给他们一间单身宿舍，到南京的第一晚他就听到母亲叫床，吓得直哭，后来渐渐明白了那是大人的事。叫床声里他接连添了一个妹妹和一个弟弟，三个小孩晚上挤一张单人床。那是樊书华最孤单的日子，他老是想引起父母亲的注意，却总是被支开；他想在同学们面前有所表现，一开口大家就笑他的口音，有时连老师都捂上了嘴；他也去找邻居单身青年玩过，他们却挤眉弄眼地问他家夜里是什么声音，是不是他爸打他妈了。只有厂工会书报室里的那个胖阿姨与他相安无事，因为她成天只忙着喘。那里有十来本文艺书，只要捧起书他就听不到胖阿姨带金属声的呼吸了。他最喜欢白茹，然后是林道静。

那天放学后他正写作业，父亲突然回来说马上搬家，随即从他练习本上撕了张纸给厂里打借条——他家仅有的两张床和一张桌子都是公家财产。然后父亲叫他去食堂把他妈找回来，顺便到托儿所接上他妹妹弟弟。母亲从农村来了不久就到厂食堂上班了，一天三顿都从食堂带回来，家里从不做饭。

他们当晚就搬了。樊书华跟在板车后面来到彭家楼围墙外，那时东郊只有平房，灰白相间的楼顶在他眼里高耸入云。大门开处，他被里面的景象惊呆了，一不留神小腿撞到板车上。他疼得直咧嘴，却喊了声"这是童话世界呀"。父亲一愣，甩手给了他一巴掌。眼前顿时金星飞舞，院子和楼都飘了起来。

随着时间推移，樊书华分析出了自己当时那样叫的原因——那样的楼、那样的小院首先使他感到距离和压力，那句话脱口而出既为壮胆也为表现，但他一直猜不透父亲为什么要扇他，是为他走路不看脚下，还是为那句话灭了自家的志气？

后来他曾专门了解了他家搬进彭家楼的背景，当时对私有房产进行社会主义改造，父亲转业前是连长，那会儿是车间党支部书记，一家五口却挤在一间单身宿舍里，不管从哪个角度来说，那次搬家名正言顺。

暮色中蹿出一条黑白相间的狗，冲他们一阵狂咬。看门老头又喝又跺脚，它退到花坛边，却叫得更凶，不一会儿已声嘶力竭，好像在宣称花坛是它的底线。"花虎，不要叫！那样很不礼貌！"一口清亮的京腔响起，樊书华这才看到主楼台阶下站着一个微胖的女人。"花虎，过来，听话！"

她站在那里等他们走近，和大人打招呼，拍小孩的脸蛋。樊书华从来没见过那样的笑，灿烂并能保持很久。

小俞从屋里赶出来，嘴里还嚼着东西。小俞是钟表厂刚调进的技术员，原先在上海手表厂工作，大学生。他跟一个苏北小学教师结了婚，几年工夫也没把她调进上海，这当间又把孩子生下了，调动更没戏。南京钟表厂去上海求援，当时的上海人是死活不肯离开上海的，小俞开出了全家同时调入的条件。厂里犯了难，樊书华的父亲一再坚持，总算把上上下下说通了。小俞一家来到南京直接住进了彭家楼，不几天就把这里有空房的消息捅给了樊家。

其他人都来到台阶下，准备搭把手，但樊家东西实在太少，小俞和看门老头抢在头里，后面的再想上手，板车已基本空了。

樊家住的是二楼一南一北两间，转眼间那点东西各就各位。父亲赶紧掏烟，追着塞过去，小俞死活不肯接，看门老头也说不抽，却收了两支夹在耳朵上。父亲又下楼去跟大家打招呼，回到楼上就在两个房间之间一趟趟走，母亲问他找啥，他自言自语道："还是像集体宿舍哩。"随后几天家里添置的东西竟比搬来的东西还多，几年来樊书华第一次自己睡了一张床，夜里想怎么翻就怎么翻，从来没这么爽过。

樊家搬来后，院子里就住了五家。看门老头姓孙，门房两层归他家。虽说是两层，每层却只有一小间，楼梯斜在屋当中。他家有一儿一女，孙进勇跟樊书华差不多大，但他姐姐比他大了近十岁，老孙带儿子睡在楼梯的夹角里。当然，和他们一起的还有花虎。

老孙是这一带收垃圾的，每天大清早到沿线各点咣当咣当摇铃，睡眼惺忪的居民踢踢踏踏出来，把畚箕举起来倒进带厢的板车，倒完就逃，因为那会儿垃圾只有煤灰、菜帮子和用过的手纸。老孙负责的片区不大，9点左右已回到家，然后就和老婆坐在大门雨棚下边拌嘴边糊纸盒。老孙不管说什么，他老婆总要戗他，有时嗓门还很大。大门通常关着，只留一扇虚掩的小门，樊书华在门外就听到老孙老婆怨气冲天的声音。他们有时也糊鞋盒和牙膏盒，但火柴盒是不变的品种。刚糊好的盒子要拿去楼顶上晒，太阳好的时候院子里弥漫着一股糯糊味。

主楼一楼只有两间，都朝南，小俞家住了小间。大间是双开门的，房主自己住着，就是那个会笑的女人。小俞两口子叫她袁师母，那是上海人的叫法，樊家刚来，也跟着叫。袁师母在京剧团上班，除了会笑，举手投足都有款有型。樊书华暗中把她与自己的母亲、小俞的老婆、老孙老婆和老孙的女儿做过比较，她可能年龄最大，却让人看了还想看，就连学校里被所有男生盯着看的程老师比她也差了一截，程老师只是拼命打扮而已。过了几天父亲压低嗓门说袁师母是国民党军官的姨太太，这房子原先是那个反动军官的。樊书华愣住了，她怎么没去台湾？而且姨太太应该涂脂抹粉，拿腔作调，但她没那样呀！樊书华想知道她在台上是演好人还是坏人，但没敢问。

二楼三间，两南一北。另一间朝南的房间住着卿先生。樊书华觉得叫"先生"拗口，可大家都那么叫。卿先生满脸皱纹，不过皮肤很白，一头银发梳得油光水滑，说话彬彬有礼。那天樊书华写作业时听到一种奇怪的动静，像唱戏，声音却在喉咙里挣，怪吓人的。出来一看，卿先生那屋挂着门帘，一下下击掌声却明白无误。是卿先生在唱！可他的嗓子怎么那么怪？

卿先生总是一个人待在屋里，既不见他上班也没人来看他。那天母亲问他退休几年了，他没回答。樊书华以为他听不懂河南话，正想重复母亲的问题，卿先生却红着脸钻进了屋，随手放下门帘，把他们娘儿俩吓得不轻。晚饭桌上父亲说："他就是个没儿没女没工作的老光棍，你问他退休的事不是笑话他？"

没儿没女没工作，他靠什么活呢？而且樊书华觉得卿先生今天的反应似乎另有原因，到底是什么他也说不清。

二楼再朝上，只剩一条窄窄的楼梯，堆满了杂物，无法上下。大人说那上面是阁楼。樊书华不知阁楼是什么，估计就是个带露台的房间，因为从外面就能看到。

三层楼三种格局，这架势连樊书华的父亲也没见过。小俞到底是十里洋场长大的，说一楼大房间是客厅，小房间是给副官住的，二楼才是一家人睡觉的地方。阁楼主要是用来摆排场的，现在正常过日子，就用不上了。樊家人都听愣了，副官的房间住小俞一家三口仍然显得宽敞，袁师母她丈夫到底是多大的官？

对樊书华来说，彭家楼结束了他几年来的孤独。自打离开农村老家，樊书华几乎没见过狗，花虎像是猜出了他的心思，不几天就朝他跟前凑。樊书华唤着它的名字绕着花坛跑，把花虎乐得停都停不下来。孙进勇远远地看一会儿，走过来板着脸说："那你得喂它。"樊书华犹豫一下，去楼上拿了半个冷馒头下来，掰成小块扔给花虎。孙进勇站在一旁，忽然伸手说："给我。"他只给花虎撕了一丁点，其余的都塞进了自己嘴里。"你可以带它玩了，记得喂它就行。"他边嚼边说，然后嘿嘿笑了。

一下子有了两个玩伴，樊书华很开心，母亲却开始抱怨了。樊家住集体宿舍时，连开水都从厂里打，搬来彭家楼后，馒头、花卷仍从食堂带，可粥总得现熬，起码得有开水就馒头，但母亲从来没摆弄过煤炉，晚上关好炉门到早上却燃完了，壶里的水还是热的，也不知烧开过没有，而樊书华书包已经背好，倒着脚等着去上学。小俞家情况更糟，他老婆虽说早搬来几天，对付蜂窝煤却与母亲半斤八两，一家三口吃了早饭要赶三个地方。那段时间每天早上都有炉子熄了，有时一家有时两家，于是劈柴生火，芭蕉扇对着炉门噼里啪啦乱扇。在厨房角落里分明有个大灶，上面堆着生炉子劈柴，袁师母却说烧大灶太脏，建议她们朝炉门缝隙里塞些报纸。她们照办了，但情况并没有好转，有时早上炉子里连火星都不剩，一壶水像刚接的自来水一样。铁皮炉门被报纸塞得变了形，生炉子仍然是每天早上的魔咒。那天母亲生完炉子，满脸烟灰对父亲发了脾气："我就弄不懂咱搬这来干吗？就为每天逗炉子？"

父亲也来了气："住宽敞了你不说？每天逗炉子怨谁？还不是怨你自己！"

"怨我？也没见你弄一回！我搬回厂里去，不受这个罪！"

父亲突然吼起来："你搬！今天就搬！我不拦你！你自个搬走！"

院子里半天鸦雀无声。樊书华吃了赶紧上路，下楼时遇到袁师母，她尴尬一笑，闪进了屋。她的笑不该那么难看的，樊书华到学校时脸还烫着，像是自己犯了大错。

母亲当然没搬回去，煤炉却从此成了全院的头等大事。临上床了大家还要在院子里聚一聚，然后都去厨房，逐个比较各家煤炉的火头。袁师母竟是最会摆弄煤炉的人，"这种火苗很难说，塞得太紧了"或"哎呀，这哪能撑到明早呀"，说着蹲在炉门前一阵捣鼓，大家就等着看效果。"看，这才是最合适的火头！"她拍去手上的灰，恢复了笑脸。好一阵子每晚如此，早上见面的第一句话也是关于炉子的。

樊书华当然知道炉子的麻烦，每晚都跟去看，其实他最想看的是袁师母摆弄煤炉的样子。她像是在做一件无比重大的事，专注而严肃，有时一绺头发忽然搭下来，她顿时就看不出年龄了，樊书华就专等她头发搭下来。那也是他今生印象最深的场面：大家站在浓浓的煤气味里，一声不吭地看她操作，就连花虎也静静地挤在人缝中，只有大家各自回屋时它才认真地摇尾巴。

好日子总过得太快,学校忽然就停课闹革命了。樊书华在学校着实火了一阵子,他家根正苗红,各年级同学都来拉他参加活动,但低年级同学只会瞎胡闹,而高年级同学根本不听他的。兴头过了之后,他才发觉彭家楼已面目全非。父亲的话多了,饭桌上慷慨激昂地谈形势,声音大得像是说给全院人听,每顿饭母亲都要提醒他几次,但他说着说着嗓门又高了。吃完饭他还披上军装去院子里走,像是要做重大决策。军装已经褪色,但他威严得连花虎都不敢靠近。卿先生那屋门成天关着,等其他家都吃过了他才蹑手蹑脚下楼去厨房。小俞也几乎没声了,因为他父亲中华人民共和国成立前在洋行上班,还是个管事的。父亲曾叫他上来谈话,鼓励他积极投身运动,那天小俞是抹着泪下楼去的。过了几天父亲又夸了他:"到底是大学生,文章写得跟人家的就是不一样,字也好。"母亲已能对付煤炉了,出于习惯临睡前还要去看一下,其他人却不再露面。她总要叫上樊书华,来回路上两人一言不发,像是在进行秘密活动。更令人费解的是老孙家,夫妻俩的吵架变成了嘀咕,有时他老婆忽然高声一吼,老孙就没声了。

那天傍晚樊书华在院子里逗花虎,一个人影从小门里钻了进来,仔细一看竟是袁师母。她的头发被剪得横七竖八的,连走路姿势也变了。花虎摇着尾巴迎上去,她却低头绕开,也没看樊书华一眼,进屋就关上了门。樊书华愣半天,一抬头,只见父亲站在窗口,被灯光衬得像一尊雕塑。父亲的脸色严峻了一晚上,什么话都不说。樊书华那晚在床上翻来覆去,父亲和袁师母的样子一直在眼前转。楼上楼下之间也会有阶级斗争吗?袁师母帮我们弄过煤炉呀!后来他认为那就是阶级斗争,邻里之间也只能斗到脸色严峻不打招呼这一步了。

　　谁知没过几天，孙娟——孙进勇的姐姐，就让他改变了看法。

　　孙娟早早参加了工作，每天早出晚归，跟院子里的任何人都不来往。那天她忽然带来几个人，要孙仁虎（老孙）站好了接受批斗。孙娟指着老孙满脸通红地叫他交代与袁继青的关系。袁继青就是袁师母，樊书华还没反应过来，他们就一起叫："袁继青滚出来！"没有回应，他们冲过去撞开了门，袁师母确实没在家。孙娟推开哭泣的孙进勇，仍然要老孙交代。老孙说几十年的邻居总有来往，孙娟喝道："胡说！她每月给你钱！这是简单的邻居关系吗？"老孙一愣，不再说话，孙娟哭了起来，说他骗了她母亲，还歧视她这个从小没父亲的人。

　　原来孙娟是拖油瓶带来的！老孙老婆在屋里哭，孙娟和孙进勇在院里哭，孙娟带来的那些人就喊口号。老孙低头站在那里一动不动，樊书华蹲下去一看，他在用眼角左右瞄，真的很像坏人。口号声招来几个过路的，看看没戏又都走了。他们再喊，可就那么几个人，形不成气势。大概他们自己也觉得没劲了，说晚上再来就离开了。樊书华回家琢磨开了：孙娟不是老孙亲生的，那老孙以前结过婚没？袁继青真的跟老孙搞破鞋？她可真没眼力。他在家胡思乱想半天，再出来时，只见老孙独自在雨棚下糊纸盒，每个动作都像触了电，毫无连贯性，不知是迫于压力还是出于紧张。袁继青那晚却一直没回，第二天才听说是逮进去了。

　　之后，孙进勇成天朝外跑，还叫樊书华一起去。樊书华问过父亲，父亲没同意。"你离他远点，他家是什么情况还说不清楚。你在家要留心院子里发生的事。孙家，还有他，"父亲指了指卿先生那屋，"都很值得怀疑。"

　　父亲的话使樊书华紧张，坐在花坛上时总觉得身后有窸窸窣窣的声音。卿先生那屋的窗帘门帘始终拉得严严的，老孙把在门口，他甚至想到了他们前后夹击对他下手的细节，所以总把花虎叫在身边，不时拿点东西给它吃，指望万一有事时它会做出正确选择。不过这事他从没对任何人说起过，包括父亲。

好在那段时间并不太长，袁继青还没放出来，驻京剧团工宣队黄队长一家就搬来了。搬家时动静很大，一辆卡车上装满了人和东西，整个院子都跟着晃。那些人下车后直奔阁楼，把那上面的杂物搬下来扔到厨房旁的墙角，然后把袁继青的东西抬上去。前后不到两个钟头，一楼大房间的门修好了，而且被隔成了两间，刚来小男孩已拿着笤帚撵着花虎打了。比那些工人更忙的是老孙，他楼上楼下跑个不停，瞪着眼却不敢开口。卡车刚开走他就关上大门，然后守在门后，半步都没离开过。

父亲下班后，黄队长上来聊了好一会儿。他家五口人，他和他老婆，一儿一女，还有他丈母娘，原先他们住在江北。"每天来回四个钟头都不止，"黄队长说，"怎么领导运动呢？"他还反复说他这辈子最大的遗憾是没能去部队接受锻炼。父亲话不多，但很热情，跟他握了好几次手。

彭家楼热闹了，主要是因为黄队长的儿子。他可能少一窍，一见花虎就冲上去抓。要不是樊书华及时叫住花虎，他不知被咬几回了。他妹妹成天跟在后面喊他回家，他当然不听，她就向外婆求助，外婆隔着窗户就叫开了，尖厉炸耳，每次都吓人一跳。等到花虎终于让那傻小子接近，他却猛踹一脚，花虎惨叫一声，随即发疯似的狂吠起来。樊书华看到孙进勇被老孙死死拽住，脸都争红了。

那天黄队长下班后，老孙小心翼翼来到台阶下，请黄队长出来说话。他说小孩跟狗玩要注意安全，黄队长嗬一声："你养狗你就要保证它不伤人，我还没问你有没有养狗证呢？我现在不跟你说这事，我问你，你跟袁继青到底是什么关系？"

"我跟她哪有什么关系？"老孙声音很大，但很虚，"我也是工人阶级一员！"

"你是工人阶级一员？"黄队长冷笑一声，"你在旧社会就是个游手好闲的二流子，败光了家业才来这儿看门的，还当我不知道？你说你跟袁继青没关系，那她为什么老是给你钱？"

老孙的脑袋立刻缩到了脖子里，"我家负担重，老婆没工作，儿子上学，女儿不是我亲生的，从没给过家里一分钱。我收垃圾每月只有十几块钱，糊纸盒还不到十块……我知道我不该收她的钱……"

"怨你自己！"黄队长打断他，"你不劳而获搞惯了，宁愿靠别人施舍也不愿靠自己双手劳动，关键是你接受的是什么人的施舍，你的思想感情会站在我们这一边吗？"

老孙没吭气。

"卿少棠，你出来！"黄队长忽然大喝一声。樊书华还愣着，卿先生已在楼上接茬："来了，来了。"下了楼他还没说话就站到了老孙旁边。

"卿少棠，你，跟袁继青是什么关系？"

卿先生说："我跟她是师徒关系，她早年跟我学戏。"

"你现在靠什么生活？"

"过去的积蓄。"

"你态度端正点！你嗓子倒了几十年了，就是有金山银山也管不到今天！是不是袁继青每月给你钱？"

卿先生从嗓子眼里唔一声。

"多少？"

"二十。"

"你在这里住多久了？"

"三十……三十多年了。"

"三十多年都靠袁继青养活？你交过房租吗？"

"没。"

黄队长叫起来："这里的现状说出去谁能相信？两条寄生虫靠一个国民党军官小老婆养着！"

他们缩得更深。

"卿少棠，这房子现在属于人民，你知不知道？知道？那你怎么不交房租？"

"我马上就交。"

"从什么时候补起？"

卿先生僵在那里。

"你寄生了三十几年，竟然还有脸每天打扮得油头粉面，你是男人吗，啊？"

卿先生一动不动。

"你是人吗，啊？"

卿先生闭上眼睛。

"我真不知道你怎么还有脸活在世上！你，还有你，今天回去把你们各自与袁继青的关系写下来，来龙去脉，白纸黑字给我写清楚，明天交给我！我把话先撂这儿，谁要是想跟我耍花招，一律按敌我矛盾论处！"

樊书华有点晕，这破锣嗓子的卿先生是袁继青的师傅？她养了他三十多年？袁继青有多少钱养那么多人？

父亲那天到家很晚，樊书华正要向他报告，小俞就来了。他压低嗓门向父亲汇报下午这里发生的事。父亲边吃边听，表情严肃，偶尔嗯一声。小俞不住地问："樊书记你怎么看？"父亲直到放下碗才问："你怎么看？"小俞犹豫着说："这院子现在是房管局的，黄队长这样做好像……"父亲看着他不说话，小俞赶紧补上一句："我说不好，还是听樊书记的。"父亲说："他把简单的事弄复杂了，还是缺乏斗争经验。"小俞还巴巴地等他继续，父亲却半天不吱声，最后说："好，我知道了。"

樊书华那晚至此都在佩服黄队长，一人对付俩，既不喊口号也不打骂，却比一群人更有气势。父亲的态度令他吃惊，黄队长把什么弄复杂了呢？樊书华猜到半夜。

第二天卿少棠那屋和往常一样门窗紧闭，但老孙一天没出来糊纸盒。下午樊书华正和黄队长缺根筋的儿子在花坛旁玩，黄队长回来了。他背着手站在小楼门口，老孙赶紧拿出一张纸双手递给他。黄队长叫起来："就这点？你打发谁呢？"樊书华远远地看到那张纸只写了一半。老孙哭丧着脸说："我没文化呀，就这个我还写了一整天。"

"一整天？要不我叫几个工宣队的同事来，两小时包你比写这得多一倍，你信不信？"

老孙不敢接茬儿。

"卿少棠呢？你叫他来。"

老孙一溜烟来到楼下，嘴巴张几下却没声，深吸一口气才叫出来："老卿！老卿！卿少棠！"

没有回答。老孙扭头看黄队长，黄队长喝道："还要我亲自上楼？"

老孙噔噔噔上楼，"老卿！老卿！卿少棠！"叫声和敲门声连成了片。黄队长突然大步流星来到楼下，"你砸！"他用力过猛，嗓门都变了调。

楼上轰的一声，随后一片寂静。老孙扶着楼梯下来，抖了好一会儿才说："他……他……他自杀……"

那晚父亲又开会，小俞也没回来。母亲带他们仨待在朝南的房间，隔壁就是卿先生上吊的地方。樊书华想撒尿又不敢去，就一直憋着。弟弟忽然哭了，说要尿尿，樊书华立刻说带他去。两人同时把尿滋得到处都是。

父亲怒冲冲地回来，显然知道了情况。他还没端上碗，黄队长就上来了，"开会到这会儿啊樊书记？卿少棠畏罪自杀了。"

"你调查过他是什么罪？"

黄队长被问住了。

"他不是京剧团的人，要管也该居委会管！二楼就三间屋，你叫我家往后咋住？"说完父亲狠狠地咬了一口馒头。黄队长几次欲言又止，最终也没说出句完整的话来。他一走，父亲就对樊书华说："你下去把小俞叫上来，你们都到那屋去，我跟他有事谈。"樊书华到这会儿才理解了父亲头晚说"把简单的事弄复杂了"是什么意思。

那天之后的一段时间里，彭家楼里所有的声音几乎都只与那傻小子有关。花虎守在大门口，只要他一靠近就狂吠不止，孙进勇则应声而出，抄着手冷冷地与傻小子对视。老孙知道樊、俞两家对黄队长的态度，所以既不喝住花虎也不拦着孙进勇，连手上的活计也不停，似乎就等着看儿子收拾那小子。大人们都在家时对立更明显，父亲与黄队长若碰面，最多点个头，各自都不带表情。

樊书华有时会想：卿先生死得真冤，除了嗓子不好，他没有任何让人讨厌的地方。不过樊书华搞不懂他那样的嗓子怎能教袁继青唱戏。

卿先生自杀后约莫半个月，那天天还没黑，大家都在，花虎忽然跳起来呜咽着扑向小门。

是袁继青！花虎的热情把她在门框里堵了片刻。她看上去有点苍白，但精神不错，还朝花虎笑了笑。老孙想跟她说什么，朝这边瞄一眼又没敢说。袁继青朝他一点头，踩着细碎的步点飘过来。多年之后樊书华才意识她当时走的是舞台上的步子，他的理解是：众人的目光把她的职业习惯给挤压了出来。

袁继青飘过来，不看任何人，脸上带着似笑非笑的神情，不如过去的灿烂，但比挨斗时好看。她在台阶下猛然看到了黄队长站在她那屋门口，愣在了那里。

樊书华刚才只顾看袁继青，这会儿才发现黄队长脸红得厉害。"袁继青，你怎么出来了？"他的声音大得吓人。

"公安机关叫我回来的。"

"有释放证吗？"

袁继青过一会儿才回答："我没被逮捕，哪有释放证？"

黄队长哼一声："你的东西都在三楼，现在……我家住这儿。"

袁继青瞪大了眼睛，"为什么？"

"对你实行无产阶级专政！公安机关放了你，并不说明对你的管制就结束了，还敢问为什么？"

袁继青拧着头不说话。

"卿少棠畏罪自杀了，要不你就住他那屋？"

"啊？"袁继青奔上楼去，不一会儿就传来了嘤嘤的哭声。

黄队长再哼一声，走下台阶刚要对二楼喊什么，又忽然打住，原来是樊书华的父亲站在窗口冷冷地看着他。

　　袁继青在阁楼上住下了，公安机关的态度让她有了底，所以比被抓之前还放开了些，这从走路姿势上就可以看出来。不过她还是不跟人打招呼，也很少露面，有时早出晚归，有时在阁楼上待一天，几乎见不到她去厨房做饭，却每天早上去二楼厕所倒痰盂。黄队长只要见到她，立刻摆出架势，她匆匆而过，并没有停下来接受训斥的意思。只要稍加留意，就能看到黄队长尴尬而愤怒的神情。母亲有一次悄声问父亲："她的事到底会咋样？就这样耗着？"

　　"就这样耗着？你看他能放过她？"他指指楼下。他们都等他说下去，父亲却凝重地看着窗外。樊书华第一次发觉父亲也有无能为力的时候。

　　谁都没料到黄队长不久就出事了，据说是和一位演样板戏的女主角在后台搞破鞋，被抓了个正着。女主角的丈夫立刻与她离婚，离婚第二天她就成了清洁工，抢在袁师母前头打扫厕所。黄队长还没放出来，那辆卡车又开进彭家楼，好像还是那些人，动作也还是那么麻利，三下五除二，黄家的东西就全上了车。袁继青要求他们把阁楼上的东西搬下来，他们没理她。最后袁继青追着卡车喊："那你们把里面的墙拆掉呀！"卡车吱吱嘎嘎开出院子。"无赖！无赖！"袁继青跺脚骂，花虎像是才回过神来，追上去狂叫几声。樊书华从此就再没听到黄队长的任何消息。

　　袁继青立刻搬了几件小东西下来，又出去找人来换了锁，然后就楼上楼下转。显然她是想把东西都搬下来，但老孙不敢出头，樊书华想帮她，转念一想，还是先问过父亲再说。父亲那晚兴致很高，但不同意樊书华帮袁继青搬家。"你一个小孩子能搬多少？要搬还得大人搬。再说屋里的墙不拆，大家具咋进去？这事不那么简单，她没提出要帮忙，我们哪能主动往上凑？反正那屋她拿回来了，等她开口再说。"

很多天过去，袁继青就是不开口。她白天在楼下待一天，晚上上楼睡觉，没过多久大家就都习惯了她这种生活方式，再没人提搬家的事。

那年蜻蜓特别多，黄的、蓝的，还有红的，樊书华和孙进勇都做了网兜，每天扑腾得满身大汗。孙进勇首先发现不同颜色的蜻蜓一般不同时出现，但也有少量混进来的，于是提出和樊书华比捕捉当天颜色少的蜻蜓，范围限于彭家楼院内，输了的给赢家一颗弹子球，当天结清。那天他俩满院子扑腾，把花虎忙得晕头转向。后来他们瞄上了同一个，一起扑上去，都倒在地上，但还死命按住自己的网兜，打开一看，他们谁都没扑到，身后响起咯咯的笑。大房间纱窗后袁师母的笑脸根本看不出年龄，他们都愣住了。那天樊书华稀里糊涂地输了，此后孙进勇天天来叫他，不断更换比赛规则，结果樊书华一连输了六天。孙进勇再要比，樊书华就不太愿意了。

"你就跟他比，"袁师母说着走出房间，"不要怕，要使巧劲。"她的一绺头发挂在额头上，被阳光刺得眯起了眼。那天她一直站在台阶上看，不时笑出声来。樊书华忽然表现神勇，竟然赢了。当他拿着弹子球回身时，袁师母正推门进屋，樊书华瞥见了她嘴角的笑。

这事樊书华对父亲只字未提。那晚他想了很久，结论是袁继青实在不该嫁给国民党军官当小老婆。

樊书华跟孙进勇比了很久，虽然樊书华输得多些，但也赢过很多回。蜻蜓似乎也喜欢这个游戏，到天气转凉时还来彭家楼。

开春后母亲上班时摔断了腿，石膏从后脚掌绑到大腿根，家里的事只能由父亲和樊书华分摊：父亲一大早带妹妹弟弟去厂托儿所，三人到晚上才回来，整个白天樊书华都得守在母亲身边。老孙来看过，小心翼翼说几句安慰话。小俞的老婆趁父亲不在时送来一包饼干，坐了几分钟，找不到话说，尴尬告辞。袁继青只在厨房向樊书华询问了情况，似乎想说什么，最终却什么都没说。钟表厂的同事热热闹闹地来过不少，樊书华吃到了平时吃不到的点心，但吃来吃去就那几样，吃多了也不再觉得好吃。半个多月后父亲开始抱怨，母亲只能叹气。她起身时仍然从牙缝里嘶嘶吸气，樊书华也不再揪心，倒很想知道腿在石膏里是什么感觉。

接下来就发生了樊书华这辈子也忘不了的事，毫无预兆而且快得让人来不及反应。

那天早上樊书华被尿憋醒，正犹豫着是不是再赖一会儿，就听到袁师母趿着鞋从楼上下来。那脚步声缓慢而谨慎，一听就知道她端着痰盂。樊书华正后悔没抢在前头，父母那边房门吱了一声。那扇门一向如此，已不能引起注意，但那天的声响却因接下来发生的事永久地盘旋在他脑海里，"吱——"几十年后依然清晰，甚至被放大。

他听到了挣扎和被捂住的叫喊，赶紧起身。厕所里像是有人正在打斗，他猛地拉开门，被眼前的景象惊呆了。

父亲瞪着他，忽然撒手。"流氓！垃圾！流氓！伪君子！"袁师母头发散乱，骂得声嘶力竭。小俞忽然出现在楼梯口，直视父亲。父亲一扭头，进屋关上了门。"流氓！垃圾！伪君子！"袁师母还在骂。

母亲哭了一天，不吃不喝，樊书华坐在一旁却说不出话。厕所里的一幕挥之不去：父亲的手捂着袁师母的嘴，把她推在台盆上。她几乎跌倒，挣扎着抵挡父亲从衣服下伸进去的手……

父亲下午早早就回来了，一动不动地坐着，只有粗重的呼吸。

天擦黑的时候，樊书华犹豫着是不是该提醒他做饭，还没开口，父亲就抬起了头。他的眼睛是红的，红得吓人。

钟表厂撤了父亲革委会副主任的职务，给他们家安排了新住处。这次是卡车来搬的家。没人出来送行，老孙让大门敞着，自己躲进小楼。花虎追了两步，然后就站下朝卡车叫了一声。樊书华涌出泪水，院子和楼飘浮着渐行渐远。他想起第一次见到彭家楼时父亲扇他的那一巴掌，从此他记忆中的彭家楼就一直飘忽不定。

从那时起，父亲再也没直视过樊书华的眼睛。20年后他们守在床边等父亲咽气，父亲最后一次环视儿孙，仍然回避了他的目光。那一刻樊书华忽然意识到，彭家楼也是父亲这么多年来的心结，对那个清晨的一切，父亲可能记得比他更清楚。

彭家楼这几十年来无数次毫无理由地在樊书华脑海中涌起，那里有太多他想不通的东西。他只能一次次提醒自己：事情早已过去，再说与你没有半点关系。

樊书华去手表厂领取丧葬费时得知小俞已当了厂长。他没去找他，除了火灾后他去彭家楼遇见孙进勇的老母亲，他再没见过彭家楼里的任何人。

父亲已经去世，彭家楼也随袁师母走了。"就让彭家楼画上句号吧。"他在火灾后走出彭家楼院子时对自己说。

自从领导说他不用来上班之后，樊书华就在办公室里"赋闲"了，大事小事都没他的份。几个年轻人知道他闲得难受，故意找些简单的问题问他，没等他说完，又忙自己的事去了。他也不生气，他们是好意，只是做法不高明。还是收发室的老徐驾轻就熟，每天进来把一摞报纸搁到他面前，不说樊调研员您看报，却摆出一副关心时政的样子："樊调研员您看普京又发话了，我喜欢这家伙的犟脾气！"于是樊书华就成天体会报纸看得眼睛酸、放下茶杯上厕所的滋味。这多少有点尴尬，所以只要走廊里有动静他就伸头看，主动跟来访者搭话，把他们带到相关科室，尽管每个办公室门上都钉着牌子。

他在房管局耗了大半辈子，屈指算来只有一点好处：住房比别人划算。这十几二十年，他看着房价涨了十倍还不止，而他现在住的 120 多平方米的房子只花了 15 万。他 26 岁结婚时分到了第一套房，虽说只有四十几平方米，但从此有了参加接龙的资本。他认识的人里没有哪个这辈子比他搬家次数多，而且越往后好处就越大，工龄、本单位工龄、职称、职务，怎么算他都有份。房改时，他那套八十多平方米的房子只花了一万多，本打算和老伴在那住到死，可没两年局里又搞集资建房，说是最后一次。他当时已不想再换，儿子却说一定要争取。他和老伴以为儿子打算将来跟他们一起住，还喜滋滋的。那次局领导也参加了，樊书华的积分不靠前，轮到他只有 90 平方米的，偏巧有个该拿大套的人因为嫌添钱太多，要跟他换。他贴了十三万多，住上了三室两厅两卫的错层大套。房子到手，儿子却要去深圳工作，还说："我什么时候说过我想要这套房了？我是为你们的财产增值！"增值是增值了，东郊这一带的房子现在起码得二万五。可房子太大，每次从卧室走到厨房他都嫌累。不过老伴感觉很好，如果连着下几天雨，她还把那帮老太叫家来跳舞。

那天晚上散步，老伴说秦大姐的儿子在汤山一个别墅区当销售经理，如果我们卖了这边的买那边的，弄得好都不用贴钱。"但贴跑路的工夫！"樊书华没好气地说，"你还想折腾？"老伴没接茬，他也就忘了。谁知周末她却拉他去汤山："在家也是大眼瞪小眼，去一趟既散了心也给了秦大姐面子！"樊书华只好跟着上了看房车。

楼盘在山里，环境不错，但进出不便，房子和房子又挨得很近，院子小得只够摆几个花盆。那一车人都是她们跳广场舞的，还一个个赞不绝口："住这儿真能长命百岁呀！"樊书华没忍住："长命百岁？万一生个急病，等救护车到了人都凉了。"老伴把他拽到一边："就你能！又想到彭家楼了吧？跟你实说了吧，你叨叨了一辈子，可那跟你没半点关系！"

樊书华瘪了。秦大姐的儿子逐个为她们算一遍，樊书华家只要贴13万就能拿这里最好的房子，如果让这里装修，28万就能装得跟样板房一样，给一万优惠，40万整，拎包入住。老伴问长问短，看样子真的动了心。幸亏除了她没人来真的，老伴挨到最后才把银行卡揣起来。回去的路上，她们比拿了房子还兴奋。樊书华没敢再说一句话，但他知道老伴没死心，更知道她如果跟他磨，最后总能成功。他想着都怕。

那天上班他正看报，隐约听到有人在说"彭家楼"。他以为是自己的错觉，仔细一听，还真就是彭家楼。同事小王正向一位穿戴整洁的老人说怎么去彭家楼，樊书华赶紧过去，但那老人已鞠躬道谢，转身下楼。他在楼梯拐弯处向他们挥挥手，很有涵养的样子。

樊书华犹豫一下，回头时小王已进了办公室。他越想越觉得那位老人不像是大陆人，再去问小王："刚才那位老人要去彭家楼？"

"他要找彭家楼那幢楼，我跟他说已经拆了。"

"他去那儿了？"

"不知道。我说我只知道施工批文已下，但不清楚新房子动没动工，他只'哦'了一声。"

樊书华又站到了楼梯口。老人肯定已经走远了，我当时怎么反应那么慢，说不定就是国民党军官彭汝岱本人呢？随即他意识到了自己的错误，彭汝岱要是能活到今天，起码有一百多岁，还能一个人到处转？

但这事搅得他心神不定，办公室也坐不下去了。他把桌子收拾一下，没跟任何人打招呼就走了出来。

不是高峰时段49路车也是满满当当的，他好容易站稳，旁边一个坐着的人就问："下一站是彭家楼吗？"是外地口音。

"是。"

"劳驾，劳驾。"

樊书华让出通道，那人却只顾归拢东西，光蛇皮口袋就有四个，然后他攥紧口袋盯着车门，就是不起身，让樊书华拧着身子站了大半站路。总算到了站，那人又被车门卡住，最后不得不上下几趟，引得怨声一片。樊书华屁股刚落座又弹了起来，先前去房管局的那位老人就站在彭家楼站牌下！

车子已经起步，樊书华叫起来："停车！停车！我要下车！"

司机骂了句粗话，樊书华也顾不上了。

那位老人疑惑地看着他，赶紧把目光移开。

"你好！"

他又看他，再扭头看身后。

"你好先生，你刚才不是去房管局打听彭家楼的吗？"

"唔？"

"我是房管局的！"

老人瞪了他好一会儿，忽然朝左边看去，有几辆公交车正朝这边来。樊书华忽然意识到他是要乘59路去火车站。

"先生，先生，我有些一直没弄清楚的问题想向你打听，也有彭家楼的情况告诉你。"

老人警觉地看着他。

"我在那住过几年！我猜您姓彭，对吗？"

老人朝后一退，仍不说话。

樊书华这才发觉自己太唐突了，不管老人姓不姓彭，他都无法接受这种不知深浅的搭话。

那几辆公交车近了，第一辆就是59路。樊书华眼睁睁看着老人上前去。几个人挤在车门口，老人很绅士地保持着距离。他忽然扭头问樊书华："你见过袁继青？"

樊书华一愣，几乎是喊出来："见过，见过！袁师母！姨太太！"

司机也叫："哎，你上不上呀？"

老人朝司机挥挥手，转身对樊书华说："我的确姓彭，你好。"

他们在茶室靠窗坐下。太阳已偏西，小学生们打闹着从窗前经过。老人许久没开口，不知是等待心情平复还是在等待安静。他终于开口，语气平静得出人意料："我叫彭鼎辉，彭汝岱的独子。"

"您父亲是将军？"

老人一愣："不，不，抗战胜利时他是上校，后来没晋升过。"

"您小时候一直住在彭家楼？"

"没有，我们老家在重庆南岸，我和母亲是抗战胜利后才到南京的。"

他说话的确带有四川口音。樊书华想起自己刚到南京时的单身宿舍。

"你是怎么住到彭家楼里的？"

樊书华把情况大致说一遍，老人询问了袁继青、卿少棠、孙仁虎的情况。听到卿少棠自杀时他瞪大了眼睛，半天没说话。

樊书华迟疑地说："虽说卿先生跟袁师母是师徒关系，可靠徒弟过一辈子并不常见。"

"这事与我父亲有关，"彭先生看一眼窗外，"哟，天要黑了！对不住，对不住，你该回家了。"

"哎，哎，彭先生！"樊书华赶紧站起来，"您坐！我家搬出彭家楼已几十年了，那里的事我始终弄不明白，到现在还时常琢磨呢！"

"你想听？"

"想！都成心病了！"

老人直视他的眼睛，"那我从头说起？"

樊书华赶紧点头。

我对父亲的记忆始自一张照片——把照相师请到家里来拍的那种。背景是老宅子的天井。我太爷爷指名把老宅子留给我父亲，因为他是长房长孙，读书也用功。照片是当年的标准式样，母亲抱我坐着，父亲站在一旁。他穿着长衫，手上拿把折扇。那是民国二十二年四月初八拍的，因为下面有字：辉儿周岁。小时候母亲总是指着照片对我说："辉儿要长到爸爸那么高，还像爸爸一样用功读书，将来也出去当官。"

母亲哪里知道，父亲已在南京娶了偏房，就在彭家楼。

"那是抗战之前？"

"是的。"老人叹口气，"他来南京不到两年。"

　　引荐父亲去外交部任职的是位头面人物，他的朋党故旧自然都来捧场，而父亲按当时的标准也算得上是个才子，留过洋，还有点小才艺，所以一到南京就如鱼得水。袁继青那时登台不久，扮相好，父亲很快被她迷住，每天去捧场。卿老板不允许袁继青恋爱，又不敢得罪父亲，所以他们到哪他都跟着。

　　"卿先生？"

　　"对，她师父，也是戏班老板。"

　　"是因为她年龄太小？"

　　"估计还是出于经济的考量。那种戏班很小，只有几个人，通常老板就是主要演员。说是老板，其实见了谁都得点头哈腰，没有名头的老板更是如此，很不容易，带徒弟就成了小戏班的挣钱手段之一。学徒什么都得干，老板省了雇杂工的钱；学徒登台肯定要推出新戏单，那就能保证一段时间的收入。如果学徒红了，无论去留，老板都会有大笔的进项。他能在这时放手吗？"

　　"老板只带一个徒弟？"

　　"收徒能收几个，但并不是个个都能成角。"

　　那肯定是袁继青的初恋，她的眼睛离不开父亲，有一次竟忘了词。观众喝倒彩要退票，卿老板拼命作揖，戏院乱成一锅粥，一直闹到半夜。结束后卿老板暴跳如雷，要袁继青跪下受罚，父亲上前阻拦，卿老板忍无可忍，指着鼻子叫他滚，并不准他再来找袁继青。父亲当时没发作，事后找人毁了他的嗓子。

　　"茶水里放耳屎？"

"你知道？"

"我听说以前唱戏人之间互相陷害就用这招。"

"我也听说过，但没有科学依据。"

"那他们是怎么做的？"

"父亲没出面，估计那些人是在声带上动了手脚。"

"啊？"

袁继青从小是师父带大的，卿老板很就早发现她是块唱戏的料，对她格外眷顾，而眼下这事明摆着是父亲所为，袁继青以为师父一定会去告官。想到自己闯下的祸，她只能在师父床前哭得昏天黑地。不料卿老板沉默几天之后，让她与父亲成婚。他说事已如此，告官反而鸡飞蛋打，今后的生计才是最大的问题。他把父亲叫去，提出三个条件：为袁继青购置一处房产、不得再娶第三房、终身与袁继青不离不弃。

父亲这时才看清了卿老板的为人，悔恨不已，不但答应了三个条件，还承诺终身供养卿老板。他随即开始找房子，可他哪有钱？来南京任职不到两年，平日又大手大脚，别说是宅院，就连个落脚之处也买不起呀。但他那些朋友都以为他有钱，到处帮着打听，不多久还真发现了一处特别划算的房子。

对，就是彭家楼。

"就是说，彭家楼不是您父亲盖的？"

"彭家楼是孙仁虎盖的。"老人呷一口茶之后才朝目瞪口呆的樊书华点头，"确切地说，是在他手里完工的。说出来你会不信，他家世代以赌博为生。"

樊书华莫名其妙地想起了孙进勇扑蜻蜓的样子。

"赌徒很容易和市井无赖混为一谈，但我现在不这么看了。"彭鼎辉叹口气，"中国人历来循规蹈矩，到我这一代变本加厉，尤其在光复后。我本人经历了内战、撤离、锄奸及派系争斗，大陆则在政治运动中动荡了几十年，我们都想成为一叶扁舟，又都忽略了这样一个事实：小舟多少会执行艄公的意志，而我们根本就没有个人意志，充其量只是一片漂在水面上的落叶，提心吊胆地等待一个把我们打沉的浪花。赌徒则不同，赌徒可以沉寂，但随时准备抓住机会。仅就这一点而言，他们比我们强。"

"但老孙就是个收垃圾、糊纸盒的。"樊书华在心里说。

彭家楼最初的设计、建造者是个外国人。当时南京外国人很多，大多是政府机构派来的，他们不喜欢与中国人为邻，所以找了个偏僻的地方。房子盖到一大半，他奉命回国履新，要把房子脱手。问题是外国人大多不愿在中国置业，而这里又不是中国权贵青睐的地方，这就便宜了孙仁虎。他跟人对赌，那人输了想翻本，赌资越下越大，据说他们赌了四天三夜，那人是被担架抬出去的，孙仁虎带着他的帮手去喝酒，还没等到上菜就滑到桌子底下睡着了，踢都踢不醒。

可惜天下赌徒都是一个命：来得容易去得快。孙仁虎买下了洋人的楼，继续施工。楼建好了，钱也花光了，他连家具都没钱添置。听到消息，输给他的那个人卷土重来。这回他们说好只赌四天三夜，结果孙仁虎是被绑出去的，因为他拿不出钱。

父亲找到孙仁虎时，他正在受罪，所以那么大的房子他只要4万大洋。这个数目对父亲来说仍遥不可及，孙仁虎又提出先付一半，以后每月至少付100，在余款没付清前他住门房。他的对手在一旁笑个不停，因为孙仁虎只欠他两万，今后连翻本的机会都没了。

父亲拿不出两万大洋，但他必须为袁继青做点什么，于是他一面向朋友周转，一面让家里变卖些田产，说是南京有一处非常划算的房子，拿下就可以搬来同住。

母亲很久没收到父亲的信了，听说要在南京置业，兴奋异常，族人也都认为父亲给家族争了脸，但父亲名下的田产当年为留洋已变卖了大半，剩下的即使全卖了也不够。族人为此开会，一致同意变卖一块家族公地。汇钱是由族长带着几个强壮汉子去的，事先还去祠堂上了香。从那时起，母亲就成天念叨："我们要去南京咯。我们要去南京找爸爸咯。"这些翻来覆去的话开始了我的记忆，到母亲不再说时我开始懂事。

至今我想起那段日子仍然心痛。起初母亲回答别人时总说："快咯，快咯，我已经叫他爸来接我们了！"那是我今生见过的最美的笑靥。过了些日子她改了口："最近他爸忙，不得空。哎，我就在家再陪大家耍阵子嘛，往后回来多麻烦的！"她脸上的笑已有些不自然。再往后她就躲着族人了，非出门不可就先让我去门口张望一下，没人了才走，还尽拣僻静的路。我们那里五天赶一次街，赶街时少不了与熟人碰面，她好几次被追问得眼圈发红，回家路上不住地抹泪。

渐渐地她不再说去南京的事了，对我也不说，遇到熟人时拽我一把，加快脚步。那些人的目光我无法描述也无法忘记，只觉得能把人穿透。

后来我才理解了母亲的难处。她是该写信去催的，但她不识字又爱面子，求人代笔有些话就不好说；她也可以直接去南京找父亲，偏偏她小脚，从未出过远门，江轮要坐几天几夜，还有抢钱抢娃儿的传言，她听着脸就吓白了。

抗战爆发后，重庆成了陪都，轰炸几乎天天有。开头大家都跑警报，但我们村离镇子远，炸弹最初没朝那里扔，跑了几次之后就都松懈了。那天飞机又来，我还抬头看，只见飞机撒下几个黑点，等我明白那就是炸弹时已经晚了。炸弹接二连三爆炸，脑子嗡嗡地响成一片，胳膊在淌血。我蒙了，站在那里竟不晓得躲。披头散发的母亲冲过来，抱起我踉跄几下，一头栽进防空洞。她爬起来就在我身上找伤口，嘴巴不停地开合，却因颤抖说不出话。"彭汝岱！你狗×的死哪去咯？"她终于尖叫出来，随即号啕大哭。

族长当天就给我父亲写了一封措辞严厉的信，要他立刻回家。但父亲收到信已是一年之后，那是在 1939 年春天的南昌会战前线。

恋爱和婚姻绝不是一码事，父亲讨了小老婆之后才明白这一点。倒不是袁继青婚后变得俗气不堪，她为那个家可以说是尽心尽力，但那解决不了他们面临的最大问题：每月交到孙仁虎手中的 100 大洋。他们的那段日子好像每天都是月底，都得面对孙仁虎那张怒冲冲的脸。父亲当时的薪金是 45 元。

袁继青想出去找人搭班唱戏，父亲不同意，女伶嫁人后再登台是很没面子的事。他到处揽些翻译的活，每天干到半夜，但杯水车薪，于事无补。袁继青看着心疼，瞒着父亲去找戏班，但她从来没大红大紫过，再说那次砸场圈中人都知道，谁愿跟她合作？后来她得到一份小学代课的工作，每月只有 6 元，她也没干长久，因为她没上过小学，只会在讲台上教学生念戏文。父亲到处举债，朋友们都躲他远远的。父亲和袁继青知道卿老板肯定有钱，但正是他俩把他弄到了成天在院子里侍弄花草的地步，他们开不了口。

我几乎恨了父亲一辈子，为她讨小老婆的事。这一点父亲很清楚，在他去日无多时，他终于开口请我原谅。我到那时才知道他和袁继青在南京有那么一段日子。想到正当年的两个年轻人相拥而卧，心里却盘算上哪去弄钱，我又觉得他们很可悲。

在一个院子里住了些日子之后，孙仁虎看出父亲不过是外交部的一个普通职员。那次父亲拖欠了两个月，孙仁虎就摊牌了：房子必须卖掉，父亲只能拿回两万，每月付的那些抵房租。父亲与他辩，他就要这三个月的一起交，以后再有拖欠立刻作毁约论。父亲求告无门，不得不按他说的立了文书，随即开始找房。他带袁继青去看过一处穷街陋巷的房子，没有院落，但有卿老板的房间。袁继青虽不反对，却在回彭家楼的路上落了泪。

对，周边居民那时已开始用"彭家楼"的称谓了，因为袁继青时不时吊嗓子，他们以为是在唱堂会。

这场闹剧本该到此结束，但别忘了孙仁虎是个赌徒。他竟开出了八万大洋的价，而且摆出一副口袋里揣了座金山的样子。有位官员看中了这幢楼，带着全家人一趟趟过来看，想叫孙仁虎让点价，孙仁虎却死不松口。父亲等着拿钱，劝了他几次，他哪肯听？

那人突然不来了，孙仁虎等了些日子再找过去，那人口气已变，让价也没用。那时抗战还没爆发，但日本人已控制了华北，风声四起，谁会在那时购置不动产？

孙仁虎慌了神，想与父亲恢复原来的付款方式。父亲吃够了每月100大洋的苦头，不肯答应，还扬言拿了钱就搬走。孙仁虎瘪了，合同在那里，打起官司来他肯定吃亏。他不提还钱，父亲自然不提卖房，双方不明不白地在彭家楼里住着，直到卢沟桥打响。

战事一起父亲就从军了，随时可能出征。孙仁虎此时已是惊弓之鸟，找到父亲哭诉说这幢楼自己当时就买错了，父亲不但救了他还让他活到了今天，他没有钱，彭家楼仍属于父亲，至于父亲欠的钱，每月付多少都行，他不计较。他没地方去，只能在此栖身。父亲当时真想啐在他脸上，但一时找不到地方安顿袁继青和卿老板，就按孙仁虎说的重拟了一份合同，双方都按了手印。

日本军队还没打到南京，父亲就开拔了。他不愿说他是怎么挺过一次次战役的，我也没问过，历史记载得明明白白，抗战之初，国军交给国人的就是一份节节败退的记录。蒋介石对每个城市下达的命令都一样：死守；最后的结果也一样：撤离——留下遍地尸首的溃败。淞沪会战、太原会战、南京保卫战、徐州会战、武汉会战、南昌会战莫不如此。对父亲打击最大的是南京大屠杀的消息，他几乎因此崩溃，满脑子都是袁继青的音容笑貌。

族长的信提醒了他还有一个儿子，大炮轰鸣，子弹呼啸，他忽然意识到自己今生可能只有这一个儿子。他晚年对我说，他当时只希望我能活下去。说的时候他哭了。

好一阵子两人都没说话。"从那之后，"还是老人先开了口，"父亲开始晋升了。"

樊书华一愣。"他打仗神勇了嘛，"老人解释道，"我猜的。"他们都笑了。樊书华叫服务员来点了简餐，问彭先生要不要酒。

"那就要一杯啤酒吧，"老人说，"医生不让喝。"

"可您看上去身体很好呀。"

"活到我这把年纪，好不好全由医生说了算。我过去一直觉得自己身体很好，去年检查，医生说出一大堆毛病。经他一说，我也觉得不好了。台湾和大陆已开放多年，我一直不愿回来——战败之师或者战败之师的后人回来干什么？直到知道了自己去日无多，我才决定回来一趟，了结前辈人的恩怨，对自己也有个交代，因为那些恩怨纠缠了我大半辈子。没想到彭家楼连房子都不存在了，你应该清楚，那样的房子不该不到一百年的。"

樊书华还没想好该怎么回答，服务员就送餐来了。他边张罗边想：他对彭家楼的留恋应该比我更深。

滑鸡煲仔饭似乎不对老人口味，鸡肉只吃了一口就被拨到一边，对啤酒他倒是很有兴趣，拿着瓶子看半天："味道真不错！"

"那您再来一杯？"

"半杯，半杯，好，好。"他又喝一口，很满足地"唔"一声。"你身体怎么样？"

"到现在为止还没发现什么问题——我每年都体检的。"

"那就好。不过千万别相信医生的话，医生来到这个世界上就是为了让你愁眉苦脸地活下去，否则他们还有什么存在价值？"

樊书华笑得呵呵的，没想到他这么风趣。

"好啤酒啊！"彭先生咂咂嘴，"我第一次喝啤酒就是在南京，像路边卖茶水一样，大碗倒好，行人端起来就喝，喝过把钱放在大门板上。1949 年以后还是这样吗？"

樊书华一脸茫然。

"第一次喝它可真难喝，我还记得那时南京人把啤酒叫猫尿。"

"现在也有人那样叫的。不过你说的在街边像卖茶那样卖啤酒的我还真没见过，可能是因为我一直生活在这一带吧。"话刚出口，樊书华就意识到了自己的错误，他和眼前这位老先生生活在同一地点。

老人反应够快的，笑了。"不是在这附近，我记得是在玄武湖。"

玄武湖街边卖啤酒？樊书华仍是一头雾水。"抗战胜利之后？"

"当然，我是抗战胜利后才到南京的嘛。"

"您母亲带您来的？"

"我父亲接我们一起来的。"

樊书华示意服务员撤掉盘子，等彭先生继续。

那几年父亲一直在路上，有时坐运兵车，有时就蹚着泥泞，也有向东、向北的时候，但大多时候是往西。他们的身后就是沦陷区，那几乎是中国平原地区的全部。直到长沙战役日本人西进的势头才得到遏制，双方在那里拉锯似的打了一年。太平洋战争爆发了，日本人想尽快结束中国的战事，攻打缅甸以切断盟国向中国的补给线，中国组建了远征军，父亲接到命令即日赶赴滇西。军车经过重庆时，他看到了残垣断壁和遍地弹坑，但他不能回家，只好给母亲写了一封信，说此去异国他乡，生死未卜，能否重聚皆由天定，辉儿是彭家长房长孙，拜托你把他拉扯成人。当时我已认字，念给母亲听，母亲哭昏了过去，三天三夜不吃不喝。

父亲到了孙立人将军麾下，一进入缅甸就经历了两个多月的激战，失利后不得不转入印度。家里再收到他的信时已半年过去，在此期间母亲已找出父亲的旧衣物，为后事做好了准备。南京沦陷后，族人都不再提我家去南京的事，母亲却经常念叨："不晓得我们在南京的房子还在不在了，族人为它卖了公田的！"收到父亲的印度来信，母亲拿着到处给人看："中国军队在国外仗打得好，辉儿他爸也在其中！"全族人都兴奋了："彭家老大为中国军队长脸咯！"

父亲从印度写给家里的信比他此前所有的信加起来还多，每次都详细地问我的情况。母亲向人展示时还不断解释："他在南京的头几年太忙，没工夫写信；后来打仗，炸弹都躲不过来，咋个写嘛？这下到了印度，几个国家的军队在一起，各住各的营盘，就有空写信了。肯定是这样的！"

　　父亲在族人心目中的地位回到战前，族长几次率本家有声望的人上门，带些腌腊制品，叮嘱我多吃，将来也长个大个子。母亲每次到最后总要抹泪："哪晓得他能不能活着回来哟？那么远的路！"

　　母亲腰板挺直了，找人代笔写信不厌其烦。找的最多的是族长弟弟的儿子，我该叫四爷爷的。四爷爷的字写得不好，跟父亲的简直没法比，句子还半文半白的。我跟母亲说我能写，母亲却怕我词不达意，惹父亲不高兴，我为这事还哭过鼻子。长大后我明白了，那是母亲把父亲看得太重，而这正是她悲剧的原因。

　　日本飞机的轰炸越来越少，而我们自己人的飞机从头上飞过的次数却越来越多了，每次我都和一群娃儿跑到村口向飞机欢呼，也不管飞行员能不能看到。反攻的速度好像比沦陷快，最后美国人连丢了两颗原子弹，日本人就投降了。

　　母亲把父亲念叨了十几年，父亲真的回来时她却半天没反应。一个瘦高汉子站在门口朝我们笑，和照片上的父亲不太像，但直觉告诉我那就是父亲，可母亲脸上一点表情都没有，只是瞪着门口的他。最后还是父亲先开了口："我都变得你认不出了？辉儿长这么高了？"

　　"辉儿，叫爸爸。"母亲嘀咕一声，捂着脸哭开了。父亲放下皮箱走过来，把母亲和我揽在一起，我闻到一股陌生的气味。我和母亲一样高，都到父亲的胸口。他抬起我的下巴看我，说"很好"，然后垂下脑袋看母亲。母亲捶着他胸口说："日本飞机来轰炸的！"接着又哭。

我一愣，向来聪慧的母亲怎么一下子就糊涂了，这两年没怎么轰炸了呀？

父亲笑了："哪年的事咯？我们已经胜利了，人都在嘛！"

当晚父亲请族长及本家长辈喝酒，族长一定要母亲上桌与父亲并排坐。他说："汝岱你打仗英勇，打到了外国，我们都觉得脸上有光，可是你媳妇十多年一个人拖个娃儿，有多不易我们都是看到的。你先莫敬我，先敬你媳妇！往后不管你到哪一家都一起走！"

父亲站起来向母亲敬酒，母亲一声不吭，但颤抖得碗都端不住，一桌子人眼睛都湿润了。酒喝开了之后，老人们打开了话匣子，父亲不时瞄母亲，母亲却一直在躲避他的目光。她害羞的样子竟那么美！

父亲只有十几天假，不是走亲访友就是收拾东西。母亲什么都想朝行李里塞，父亲反对无效，只好趁她不注意把它们拿出来藏好。母亲一旦发现东西少了就叫他交代，父亲总是一副无辜的样子，母亲就在他胳膊上拧，父亲挤眉弄眼，装作很疼的样子，然后去把东西拿来，敬个礼再交还到母亲手里。

那时我还不习惯父亲的俏皮，因为家族里每一位父亲在家人面前都是板着脸的。到我自己有了孩子，我和太太互相打趣，一家人笑得合不拢嘴时，我会忽然热泪盈眶。眼前的景象与重庆南岸老房子里的一幕重叠，那是阖家幸福的画面，那样的场景我在未成年时统共只见过几次。

我们坐的是头等舱，在当时是非常奢侈的。母亲死活不肯，她说："我跟辉儿挤一张铺，你自己一张铺，就几天，花那个冤枉钱做啥？你这一身军服，哪个能把我们咋样？"但父亲还是买了头等舱的票。我后来才明白，那不是摆阔，他要的是一个向母亲摊牌的地方。

一路的景色我记不得了，我相信母亲生前也没有丝毫印象。第二天早晨我是被哭声吵醒的，母亲的眼睛又红又肿，不知哭了多久了。我还没开口她就说："辉儿，收拾东西，我们准备下船！"

"你要做啥子？"父亲赶紧拉她。

"你说做啥子？你对你娃儿说！"母亲大叫起来，然后扭头用走调的嗓门说，"你爸在南京娶了小的，买了房跟她住，用的就是卖公田的钱！"

等我猜出"小的"的意思时，她已在收拾东西了。父亲不停地拉她，她不停地挣。父亲说："我错了！我对不起你！可是生米做成熟饭了，你现在要我咋办？你一闹开，彭家庄往后还咋住嘛？"

"彭汝岱，你以为我要回你家老屋等死？我回我娘家！"

父亲一愣。"是我错了，我求你原谅！可我无论如何不会让你走的！"

"那我就跳江！"

我哇地哭出来，好像母亲真的跳了江一样。母亲过来搂着我，"娃儿也命苦……摊上了这么个当爹的……我就搞不明白你回来做啥子？你不如断了音信，我们以为你打仗死了，那也不丢人。你回来做啥子？"

全船人肯定都听到了母亲的哭叫，船长派了一个粗壮的水手在头等舱门口日夜守着，直到南京。

母亲是被父亲拽上马车的。路很远，从中山码头到东郊，车夫途中两次停下给马喂草，每次下车他都不住地打量我们，大概是奇怪这一家三口为什么不说话。后来我倚在母亲身上睡着了，迷糊中听到父亲说："就是那幢楼。"母亲一下子坐直了。我睁开眼，差点叫出来。好房子我后来见过不少，但再也没有第一次见到彭家楼时的那种感受。我蒙了，那是我家的房子？更不可思议的是母亲的动作，她挣开父亲的手，自己跳下马车，理了理头发、衣裳，上前敲门。她敲的是大门，打开的却是大门上的小门。孙仁虎伸出脑袋问："你找谁？"

母亲愣了一下，厉声道："你是谁？"

孙仁虎看到了父亲，"哎呀，是彭先生回来了，袁……我们都盼着呢！我把大门打开。"

母亲没见过这样的门，孙仁虎刚让开，她一脚就跨了进去，孙仁虎拉门，差点碾上母亲的小脚。"哎！"母亲惊叫起来，"瞎了你的狗眼！"

"哎？"孙仁虎转向父亲，"彭先生这……"父亲忙不迭道歉，又向母亲介绍孙仁虎，母亲心不在焉"哦"一声，又朝花坛走去。父亲正准备追上去，她已站住。"她？"

我也看到了袁继青。她此时一身家常衣服，一点都不抢眼，在彭家楼的映衬下，甚至有点寒酸。她迎上前来，朝母亲鞠一躬："太太。"

母亲不答话，只上上下下打量，把她的脸看得通红，然后"唔"一声，绕过袁继青上了台阶。我走在后面，看到了袁继青羞辱的神情。上了二楼母亲才对父亲说："彭汝岱，你也没的个眼力嘛！"父亲的脸也红了，不敢接茬儿。

母亲在楼里转了一圈，决定在一楼客厅里住。父亲急了，说那是会客的地方。母亲反唇相讥："你有多少客来？这么大的院子连个用人都请不起！我就住这儿，看看你的客人都是什么人！"父亲怕刚团聚就大闹，不敢坚持。后来的事证明母亲选那间屋是一种计谋，她要掌控楼里的一切。

袁继青和卿老板忙活半天，第一顿晚饭总算布好了，就在客厅对面的房间里。我没看就知道菜里有肉。战争刚结束，肉的味道铆足了劲朝鼻孔里钻。袁继青过来请母亲，母亲仍然只"唔"一声，然后磨蹭半天，就是不动身，害得我饥肠辘辘。终于她上了桌，只吃了一口就说不辣，叫父亲去把行李中的那坛辣酱拿来。父亲去找来交给母亲，她却一下子朝菜里倒了大半。袁继青和卿老板脸色都变了，但他们没吱声，只扒拉几口白饭就放下了筷子，也难怪，唱戏的喉咙哪经得起那样的辣？

对，袁继青又登台唱戏了。南京沦陷后，大批艺人离开，没名头的演员有了机会，再说被占领的日子很压抑，戏迷只要有戏听就知足了，比往常宽容了许多。卿老板仗着老脸，为袁继青凑了一台班子。在南京沦陷的那几年里，袁继青靠唱戏维持着彭家楼里三个人的日常用度，等到胜利后那些老艺人迁回南京，袁继青已站稳了脚跟。就是说，她此时在经济上已能够独立，不过第一天她还是忍了。

我虽然向着母亲，但她一下子变成这样我还是适应不了。有个问题我想了几十年：假如母亲第一天不那么闹，袁继青是否会和我们一起去台湾？后来我明白那是不可能的。从母亲那边说，她虽没念过书，但娘家家境殷实，她也是从小养尊处优惯了的，眼前突然冒出个年轻女人，占着这么豪华的一幢房子，她绝咽不下这口气；从袁继青那边说，为这房子她已付出了多年的心血，其中的甘苦不是几句话能说清楚的，她怎么会忍受母亲来了就给她脸色看？当时娶姨太太并不罕见，可能有相安无事的，但在彭家楼不可能，因为除了争宠还要争这栋楼。在我的记忆中，母亲从看到彭家楼的第一眼起就没再提过回重庆的话。

饭后不一会儿，母亲就让我去叫父亲。那时我已有点懂事了，我觉得那天晚上父亲是该与袁继青过夜的，但我不敢说。二楼有三间房，门都关着。我不知父亲在哪间，只好站在楼梯口叫"爸爸，爸爸"，好一会儿父亲才从朝南的大间里出来，门只开了一条缝，露出幽暗的灯光。

"什么事？"

"妈叫你下去。"

父亲叹了一口气。没有声音，我是感觉到的。"你就睡这儿，"他指着二楼朝北的房间对我说，"男娃大了就该自己睡了。"

从那晚起，我就住在二楼朝北的那间，不过一人住一间也不安静，朝南的大间门会响，只要它"嘎吱"一声，转眼工夫母亲就在楼下叫："辉儿，叫你爸下来，我有事！"不一会儿门又"嘎吱"一声，都不用我去敲。但父亲总会与袁继青过夜的，每次母亲的脸都要板好几天，还摔摔打打的，弄得一院子人提心吊胆。

袁继青自然要抗争，从第三天起她做饭就没我们的份了，而且只要父亲不在她那屋过夜，她天蒙蒙亮就起来吊嗓子，"咿——呀——哎呀呀呀——呀！"母亲恨恨地起身，也不直接骂，见到孙仁虎劈头就问："刚才是哪个猫儿叫春的？"

母亲不习惯用煤球炉，叫人来砌了个大灶，随即从烧灶中得到了乐趣——南京没有卖柴的，她就叫附近农民送些麦秸、稻草过来，而彭家楼里没有柴房，那些东西都没干透，一烧起来满院子烟，呛得袁继青、卿老板和孙仁虎咳个不停。母亲发现这一点后，每次都弄出更多的烟来。有回孙仁虎挑着一根眉毛问我："你们在老家每次做饭都有这么多烟？那日子怎么过？"我记不清是怎么回答他的，只觉得人人都明白母亲的用意。于是袁继青连晚上也要咿呀几声了，说是被烟呛过，嗓眼里不舒坦。

父亲自然是两头劝，母亲总要跟他吵，最后都是结束在船上说过的那句上："那你回重庆做啥子？"这句话成了母亲的撒手锏，每次都让父亲张口结舌。有几次父亲憋得满脸通红，似乎就要回答了，但还是没说。

从抗战结束到内战爆发，中国有一段短暂的平静，我对那段的记忆却充斥着烟熏火燎、咿咿呀呀。没有子女愿意看到父母吵架，而我自打在重庆上船后，心就一直悬在喉咙口，有好几次我都想对他们喊"你们再吵我就去死"，然而话没出口我就开始号啕大哭起来，可他们正在气头上，对我如此剧烈的反应竟视而不见。

内战爆发，父亲又要出征了，临行前对母亲说："不要再跟袁继青过不去了，我在，你们的身份是一样的；我要是不在了，你们的身份还是一样的。把你们弄成一家人是我的错，但已经到这一步了，总得把日子过下去。打仗时最不值钱的是人命，我这一走还不晓得能不能回来，你不想我到生命最后还牵挂你们是不是在吵架嚓？"母亲哭成了泪人："彭汝岱你说这话好没良心！我们娘儿俩从重庆跟你到了这儿，你还能撒手不管？我和娃儿就在这儿等你，等到死都等！"她答应不再与袁继青纠缠。我在一旁跟着哭，因为用父亲的生命去换母亲与袁继青和好，代价太大了。

父亲肯定也对袁继青做了交代，他一走，彭家楼立刻静了下来，没有浓烟，没有咿呀，一时还真不习惯。母亲每天几次捌着小脚去孙仁虎门前："老孙，刚才是不是送信的来了？"

"不是。哪那么快呢？太太你放心，有了信我第一个交给你！"

袁继青若出门回来，站在门口就问："老孙，有没有信？"

"没有。哪那么快呢？你不用问，有了信我还不告诉你？"

有时她们在小楼前相遇，母亲嘀咕道："怎么还不来信？"

袁继青小声接茬儿："是呀，怎么还不来信？"

我却觉得父亲不会来信，不是他成天打仗，也不是他受了伤，他就是不能写。两个婆娘住在一起，写给哪个都不合适。

孙仁虎被她们问烦了："彭先生也不报个平安，这仗把我打成个看门的了！"母亲和我这才知道了彭家楼的来龙去脉，匡算一下，离还清孙仁虎的钱还差得远。那时市场很乱，物价一天一个样，我见过袁继青交钱给孙仁虎，孙仁虎苦着脸笑："彭先生跟我说好用大洋结的，你这金圆券我该怎么算？"袁继青倒也爽快，"算不算都无所谓，现在市面上只有这个，你不得过日子吗？"

袁继青在我眼里的形象变了。其实她的容貌不如母亲，但她会笑，举手投足都是多年练就的款，很耐看。她对我也不错，毕竟我是这个院子里年龄与她最接近的人。在家时她就炒些黄豆、蚕豆，盛在淘箩里，趁热撒上盐，等着放凉。我那时嘴馋，闻到香味过去看，她就叫我一道吃。有了第一次就有第二次，后来经常豆还热着就被我们吃光了，她捂着嘴咻咻地笑，说下次多炒点。每次演戏回来，她的包里总有瓜子、果仁等乱七八糟的零食，进门就嚷嚷："鼎辉在哪儿？来吃瓜子，不花钱的！"我最喜欢奶油瓜子，浓浓的奶味含在嘴里，半天都舍不得咬。

那些零食她也请母亲尝，母亲却不接，说自己除了三顿饭啥都不吃。那不是实话，在重庆老家她一直吃的。我背着袁继青让她尝了一粒奶油瓜子，她承认味道不错，但不肯再吃，因为"戏子拿回来的东西，晓得有多脏？"我以为她跟袁继青的恩怨已结束，原来是转到了骨子里。我只纳闷父亲会不知道大小老婆要闹？如果知道，他为什么还要娶两房？

尽管报纸上都是好消息，街头巷尾的传言却是另一种声音，让人无所适从，但有一点明白无误：国军已失去了黄河以北的所有土地。在南方各地，市场混乱，物价飞涨。即使不出彭家楼，也能感觉到外头的形势：袁继青给孙仁虎的钱越来越多，孙仁虎买回来的东西越来越少。他在院子里开了几片菜地，每天忙得汗流浃背。"总得活下去呀，"他抹着汗说，"唉，我是毁在了这栋楼上了！"他那时三十好几了，还单身，不过外头已有个相好的。据说那是个结过婚的女人，丈夫上战场打第一仗就丢了命，当时她怀有身孕，几个月后才把孩子生下。彭家楼里的人都劝他早点把那女人娶回来，他说："她小孩还没断奶呢！"几个月后再劝，他又说："现在这物价涨的，我不知道哪天连自己的嘴都糊不上了！"他嘴上说想娶老婆，那个女人又在等他娶，可提到结婚他就一脸苦相，像是要受多大的罪。母亲和袁继青就说他不是真男人，有几回说得很露骨，我在一旁都觉得难为情，她们却笑出了眼泪，好像彼此间从来没有过矛盾一样。

有时卿老板也在场，他不笑，还冷冷地看着她们，在孙仁虎抱怨金圆券贬值太快时问长问短。那天他出去了大半天，回来时踉踉跄跄几乎不能行走。袁继青问他怎么了，他一屁股坐在花坛上，还没开口就号啕大哭起来。他原本声带就坏了，又哭得上气不接下气，我们听半天才听出个大概。他唱戏几十年，颇有些积蓄，住进彭家楼后，虽无增加，却也没减少过分文。他当时把钱存在银行里，最近老是听说通货贬值，想想不牢靠，准备去把它拿出来。谁知银行说金圆券是如今的法币，取款只能支付金圆券，而且发行金圆券时规定了兑换率的，现在必须按当时的规定换。"百分之一都不到啊！

百分之一都不到啊——"他在花坛上哭天抢地，声音刺耳。他当初存进去了近两万大洋，大家都惊呆了。

袁继青扶走卿老板，我们才发现孙仁虎也撑不住了，他蹲在地上，抱着自己的脑袋使劲挠："我知道他有钱！我早就知道！可他就是一毛不拔！当初他要拿出来，我哪至于在门房里憋十几年哟！"我真担心他把自己的头发揪下来。母亲对卿老板的做法也很不屑，回到屋里她就对我说："姓卿的在这住了十几年了，明明晓得你爸没钱，硬是一毛不拔，哪有这样的人？这下好，一下子都没了，报应！"

卿老板卧床不起了，袁继青端汤倒水忙个不停，母亲和孙仁虎在院子里愤愤不平了几天。我在半夜能听到卿老板的叹息，深深的，似乎用尽了全身的力气。我以为他会死，那倒是一个合适的结局，可过了大半个月，他又被袁继青搀扶着走下楼梯，白得像个风中的纸人。孙仁虎瞪了他好一会儿，然后不冷不热地说："哎呀，卿老板，你现在跟我一样了，有过钱，的确不少，可转眼没了。不过你的命比我好，你还住楼上，我却住门房。"母亲笑得咯咯的，显然是故意的。袁继青朝他们狠狠瞪了一眼。

母亲叫起来："哎，袁继青你瞪哪个？这是啥地方，还轮不到你对我立眉瞪眼的？"

"我师父受了那么大的打击，你们就不能有点同情心吗？我真不明白，怎么在这种时候你们还笑得出来？"

"呸！你对他倒是有同情心，对他爸都没那么好！我不说你倒也算了，你还理直气壮的！"

"他是我师父！现在遭了灾，我安慰他、服侍他天经地义！"

"嗬！还天经地义？我是大的你是小的，你'出必告反必面'才是天经地义，可你进来出去打我面前过，连个屁都没有！现在你还敢跟我顶嘴，看我咋收拾你！老孙，把笤帚给我！"

孙仁虎赶紧拦在母亲面前。袁继青也叫："老孙你把笤帚给她，她要是敢碰我一根毫毛，我就跟她拼了！"

她一撒手，原本摇摇晃晃的卿老板一屁股坐到了地上，"哎哟！"袁继青赶紧扶他上楼，母亲追上台阶："小骚货，你给我下来！今天我就给你立个规矩！我还不信了。"

那天彭家楼像是翻了天，朝上的母亲和朝下的袁继青在楼梯上会合，中间隔着被撕扯得七零八落的孙仁虎，所有人都在叫，包括房间里的卿老板，那"继青，继青"的声音着实吓人。

随之而来的是一段让人提心吊胆的日子，寂静中会炸出一声"骚货"或"泼妇"，那并不是两个女人又有了新冲突，只是毫无缘由地爆发，随即双方就扯开了嗓门，震耳欲聋好一阵子。过去她们一起拿孙仁虎开涮时，我以为她们的关系会就此改善，听到那些恶毒的言辞，我知道那是不可能的，她们的仇恨深入骨髓。那时我经常躲到大门外去哭，为父亲造下的孽。

就在她们闹得最起劲时，父亲回来了。他跟每个人都打了招呼，然后到母亲房里坐定，听她说他走后发生的事。母亲自然是数落袁继青的不是，袁继青在楼梯上听到，下到客厅门口反驳母亲，她俩隔着门你一言我一语，各不相让。父亲忽然吼起来："国将不国，你们还有心恩为鸡毛蒜皮的小事纠缠不清？都想想往后怎么过吧！"

原来父亲不是回来休假的，淮海战役结束，国共两党争斗的结局已摆在桌面上了，脑子灵活的人开始朝台湾、香港、海外转移，母亲与袁继青就在南京却对此一无所知，父亲为此发了脾气，但她们仍抓住一切机会指责对方。

几天后，父亲第一次走进我的房间，坐在小床上左右打量。"要走了，你舍不舍得？"

"我们非得走？"

"恐怕是。"

"我们去台湾干吗呢？"

"你继续读书嘛，将来留洋、结婚、生娃，你妈她们还像现在一样，我再为党国效力到退休——只是换个地方生活。"

"先生，我不去了。"袁继青忽然出现在门口。她平时对我父亲直呼其名，这时却叫先生。父亲愣愣地看着她，好一会儿才说："为什么？"

"这样斗下去，"她哽咽了，"人生还有什么意思？"

"继青你还嫌不够乱呀！"

"我没生孩子，亏就亏在这儿……"袁继青抹着泪说，"这是实话，鼎辉是你家长房长孙，而且是你现在唯一的孩子。这个我懂。"

父亲瞪着她像不认识一样，然后站起来，推着她进了她那屋。

我把袁继青的话告诉母亲，母亲愣住了，半天一动不动。后来那几天父亲都是在袁继青屋里过夜的，但母亲一次都没叫。

孙仁虎想跟去台湾，他说一旦共了产，这房子的债权也就没了，不如早谋生计。但他不是军人，又无一技之长，父亲帮不上忙。

卿老板没提任何要求。他像平日一样很少露面，只是在我们离开时送到了门口。袁继青眼睛已经都哭肿了，父亲最后说："要不你也一起走吧？"她摇摇头，没看我和母亲一眼。

来接我们的是一辆美式敞篷吉普。车开了，父亲一直扭着头看袁继青，眼睛红红的。我也回头看。你知道彭家楼当时在我眼中是什么样？

"它在飘。"樊书华不假思索。

彭先生目瞪口呆："你怎么知道？"

"我离开彭家楼时它就在飘，印象很深。"

好一会儿彭先生才扭头问服务员："可以再来瓶啤酒吗？"服务员正听得聚精会神，猛然意识到是在跟她说话，"噢，有！有！"她一阵手忙脚乱，连自己都不好意思了。

店里只剩他们两位顾客。路灯下的明城路空空荡荡，偶尔经过的车辆带动窗玻璃的震颤，老城区和新城区的差异在此刻格外明显。

"我找到点六十多年前的感觉了。"彭先生说，眼睛看着杯中啤酒。

樊书华迟疑地问："是啤酒还是玻璃窗的声音？"

"说不清楚，我自己也莫名其妙。"彭先生笑了，"大概是在大陆找到了说话的人，就有了回乡的感觉。"

"您父母亲当时想回大陆吗？"

"想肯定是想的，但他们不说。"彭先生叹口气，"其他人都说，他们就是不说，这其中有彭家楼和袁继青的原因，也有别的。"

最初我们住在高雄海边的一个眷村里，左边是军事基地，右边是个小渔村，条件很简陋。母亲情绪倒不错，每天都到渔村去买些海鲜回来，招呼我们吃，热情得像待客一样，我想那是因为她与袁继青的争斗见了分晓。父亲话却很少，而且听到反攻大陆的宣传就摇头叹气，那会时局紧张，谁都不敢随便说。那天父亲说："这儿的辣子跟重庆的辣子不一样，你做海鱼就不能换个做法？"母亲把碗推开，幽幽地说："我对你们父子这么尽心尽责，你还是忘不了她。"

她起身进了大房间。父亲也把碗放下，但没跟过去，而是走向海边。到台湾后一家三口短暂的快乐结束了，此后是漫长的冷战，比国共两党的对峙还长。

父亲在晚年向我坦白，他的确牵挂袁继青，但那天他就是说烧海鱼的事，没别的意思。至于那段时间他情绪低落，主要是因为铺天盖地的宣传："反攻大陆，反攻大陆，当时我就听不得这句。那么大的河山，连个落脚地也没保住，到了台湾还说啥反攻？"

那时他住在养老院，生活已不能自理。床头卡写着：退休外语教师——他受"孙立人兵变"事件的牵连，被囚禁了几个月，放出来就离开了军队，此后更加寡言少语。

那天我哭了，成年后第一次哭得那么厉害。我想起了去世多年的母亲，由揪心、嫉恨、怨怼构成一生的人，我这辈子见过的只有她。

父亲看出我的心思，说："我对不起你妈和你，也对不起袁继青，她跟我的时候还是个小姑娘，平心而论，我对她造的孽更大。你妈反复问我抗战胜利后为啥要回重庆，我一直没回答，因为有件事我无法启齿，那是一桩更大的罪孽。我，杀过人。"

我惊呆了，父亲却开始啜泣。

"那是在胡康河谷战役中的孟拱，我们和日军相持了近一个月——我们围住了日军的一个师团，他们派来另一个师团帮助突围。天热加上蚊虫叮咬，每个人都想尽快结束战斗，但日军拖啊搅啊，最后那支被包围的师团竟几乎被救了出去。我们团截住了一股日军，大家都红了眼，死命地打啊冲啊。我看到一个土坑上伸出一管枪，冲过去发疯似的大叫。坑里只有一个日本兵，吓得脸色惨白，跪在地上举着手。我一步步靠近他直到枪口抵住他的脑袋，他哭叫着求饶，但我还是扣动了扳机。他仰天倒下，腿还在抽搐。他长着一张娃娃脸。战斗结束后我才看到裤子上溅了他的血，我忽然想吐。此前我可能也杀过人，双方交火，谁都说不清，但这次是面对面，他已投降，而且是个孩子。"

父亲半坐在养老院的床上哭得像个孩子。"当时我想到了你，你也可能随时被人杀死！所以战争一结束我就赶回来了。"

"我有生以来第一次知道父亲是那么爱我，"彭鼎辉在明城路的茶座里老泪纵横，"他的爱就在那里，而我为了寻求它花了大半生时间！"

樊书华的眼睛湿润了，那边的服务员已哭出了声。

"那次谈话之后，父亲只活了不到一个月的时间，在最后的日子里他已不能言语，但只要我站到床边，他就会抓紧我的手，一直抓着，甚至在昏迷的时候。"

樊书华示意服务员再拿啤酒。

老人看着樊书华为他斟满，没有反对，然后一饮而尽。

"在我知道自己也去日无多时，我忽然想到有很多事应该在我这代人手里了结。我能做什么？见个面，聊几句，仅此而已，但我相信人是可以沟通的。如果可能，我愿意去见那个日本娃娃脸士兵的亲属。可惜时不我待，还是我明白得太晚呀！"

樊书华不知怎么接他的话。

"那场火灾有多严重，就不能修复吗？"

"您知道老房子都有大量的木构件，半个多世纪过去，木料干透了，可能还有蛀虫，燃起来几乎是不可控的。"

"起火原因查清楚了吗？"

"可能是因为袁师母在二楼朝南小间里烧香。"

"卿老板那间？"

"应该是。"

"香火蔓延应该很慢的呀，楼里的其他人就没发现？"

"楼里只有袁师母一人。"

"怎么会？"

"改革开放后，房产逐步退还了房主，但我听说袁师母没再招租，而是把所有房间都收拾、布置了，每天到各个房间去轮流坐。"

"变态了？"过一会儿彭先生又说，"小楼里不是还有孙仁虎的老婆吗？"

"孙师母那时已经糊涂了。大门是被消防队砍开的，据说当时彭家楼已经成了火光中的一个影子。"

"她是被烧死的！"彭先生声音很低。

"不是，她是窒息致死的。因为做过邻居，我专门打听过。"

"在哪个房间？"

"在阁楼门口的楼梯上。"

许久彭先生才说："她是好人呀。樊先生有宗教信仰吗？"

"我？"樊书华一愣，"我不信教。不过我相信善有善报、恶有恶报。"

"未必。"彭先生若有所思，"我们都是罪人。"

服务员站到了近处，他们这才发觉已经是深夜了。樊书华送彭先生到宾馆，老人久久地握着他的手，"到台湾来找我，要抓紧哟，台湾的金牌啤酒也很不错的！"

樊书华两天没去上班，老伴问他是不是决定不再去了，他支支吾吾也没说出个所以然来。心里空落落的，原先他以为自己是当事人，与彭先生一晚交谈后，他发觉自己作为旁观者都不够格，至多只是个过路人。彭家楼里的爱恨情仇是他始料未及的，先后进入的人都在那里被生活碾压。彭家楼就是转动的磨盘，难怪它一直像是在飘。

"明天我去把办公桌交接掉。"晚上他忽然对老伴说。

"你决定了？我是说呢，退休你又不少拿一分钱，耗在那干吗？其实你连去都不用去，你抽屉里藏私房钱了？"

老伴是风风火火的性子，时不时冒出一两句出人意料的话。两天来他第一次笑了。

老伴说得不错。办公桌里只有工作计划和工作总结，即使他不收拾，下一个使用者也会把它们全部倒掉。他楼上楼下跑几趟，自己都想不通当时怎么会花那么多工夫写这样的东西，而且还催手下写。

办公用品也没人要，笔和订书钉被他强行摊派了。不知在哪间办公室里有人在吵架，要是在过去他是一定会去过问一下的。他对自己的变化有点吃惊，不过也对，放下是一瞬间的事，放下前后应该不一样。

他觉得今天不该跟大家话别，于是假装搓抹布出了办公室。把抹布晾好后他想，几十年的工作最后由一块抹布结束，似乎有点意思。

走廊里吵架声更大了。"当年他只付了一半，几十年了，另一半他一直没付，我家不是有一半产权吗？扒房子的时候谁跟我们商量过，啊？"

樊书华一愣，赶紧过去看。产权处里一个小老头激动得手舞足蹈，"我们哪晓得你们要扒？我妈当时都老糊涂了，你们看不出来？"

樊书华辨认了好一会儿，"孙进勇？"

孙进勇瞪着他，"你是哪个啊？"

"我是樊书华呀！"

"噢——哎，你不是在房管局上班吗？还没退？"

"马上就退。什么事啊？"

孙进勇的老母亲去世两年了，她的遗物一直在老地方放着，前几天小楼要扒，孙进勇去收拾东西，发现了一张字据。

"你看，这上面写得清清楚楚，付了两万还欠两万，我家起码有一半，你说是不是？"

"一半什么呢？"

"房子和土地，都有一半！"

"房子的情况是这样的，火灾以后专门成立了鉴定组，我当时也参加了。那房子的确是危房，万一倒了墙外邻居都要遭殃。产权证上是彭汝岱、袁继青的名字，一个亡故，一个去了台湾，无法联系，按年龄估计也去世了。他们在大陆没有后人，所以是由政府出资找施工队扒的。"

"可我家明明有一半！"

"产权登记没有呀，你不是也刚知道吗？"

"那土地呢？"

"什么土地？你是说院子的那块地？土地早就收归国有了，即使房子在土地也是国家的。"

"那我就什么好处也没有？"

"你要是户口在彭家楼，应该有拆迁补偿的。"

"我户口早迁出去了。"

樊书华两手一摊。

他们一起下了楼。樊书华犹豫着要不要跟他说彭鼎辉才来过，最终还是作罢。两人在大门口只聊了几句，孙进勇就跨上自行车走了，显然很不满意。他的背影很像他父亲。

两天后樊书华收到一条短信。

　　樊先生您好！

　　我是彭鼎辉的儿子彭家骐。家父日前自大陆返台，我们全家昨天相聚，父亲很激动，几次提到您。

　　但今晨他没起床，母亲叫他时他已咽气，医院鉴定是夜间心脏病突发。

　　他的表情很安详。他完成了他的心愿，这是我们全家的安慰。

　　父亲昨天说要请您和家人来台湾做客。现在他已去了彼岸世界，我们全家再次向您发出邀请，若能成行，家父在天之灵一定会感到欣慰。

樊书华默默地把手机递给老伴，她看愣了。"真有这事！哎，你上哪？"

樊书华在门口站下，"我想去彭家楼。"

"我也去。"

围挡里推土机的声音很远就能听到。樊书华给看守工地的递了一支烟，他允许他们进去靠边上看。

两台推土机咆哮着在围挡里来来去去，在楼和院墙拆除后，这片地显得更小了。推土机排出的黑烟涂抹着楼宇间的天空，一遍又一遍。老伴拉他的袖子，他跟了出来。

"你看到推土机排出的黑烟没？天都熏黑了！"老伴叫着说。

"像黑板擦。"樊书华说。

"什么？"

他没解释，毕竟那是他个人的感觉。

（完）

热　风

　　学校马路对面有家热带鱼店，就在汽车站旁。低矮的门楣上钉着块木板，斜体的"热风"二字后面拖着一排平行线，大概是想表示风大，给人的感觉却是速度很快。崔宁生觉得"热风"该是个饮料牌子，用于一家特色餐馆也不错，作为热带鱼店的招牌就有点不着调。他从没进去过，但等车时也隔着大玻璃朝里看。平时他都骑车，只有刮风下雨才挤公交，所以每次看到那些鱼都觉得自己活得很累。

　　崔宁生是这个学期才留意"热风"的，一来今年气温高，风都是热的，帮衬了那块招牌，二来他发现"热风"老板娘是个三十来岁的丰满女人，胸脯尤其惹眼。崔宁生离婚四年了，身边女生很多，但学校严禁师生恋，建院之初就为此解聘了两名教师，院长还让每个职工补签一份合同——发现师生恋立刻辞退。崔宁生憋了三年，眼看着学生就要毕业，心眼又活动起来。

　　这是湖滨学院的第一届毕业生，院长去年就开始唠叨，要他们催学生找工作。这学期就更直接了："就业率！就业率！没有就业率往后怎么招生？"刘宗民那天接一句："院长，就业率是他们自己跑出来的，我们急也没用啊！"院长把眼一瞪："你盯着问、盯着催，他们不就出去跑了？天天跑还能找不到工作？"院长原先在部队是正师级，绝不容忍顶嘴，当场把那人驳得体无完肤不算，事后想起来还得说。那天院长把刘宗民训了半个多钟头，他们一帮辅导员汗流浃背陪绑（训话时不开空调也是军事化管理的内容之一）。崔宁生忽然想到，其实院长要的是一张可以炫耀的就业统计表，他说不出口，也可能还没意识到，急了就拿他们出气。

　　这话崔宁生对谁都没说，闷声不响花几天工夫制作了一份表格：班里学生全部就业，地址、电话一应俱全。做好了他也不交，还按学生离校先后做了几次修改。这是当年参加高考留下的经验——早交卷就是多吃亏。交统计表那天院长一张张看，看到崔宁生的立刻来了神，赞不绝口。刘宗民他们显得很吃惊，崔宁生尽量与他们对视以显得镇静，心跳却响得要命。

　　幸亏没人提出疑问，走出来天已擦黑，没过马路崔宁生就想到了"热风"里的鱼。它们一副万事不操心的样子，自己还得饿着肚子赶路。一抬头他愣住了，随即穿过马路，"庄青，庄青！你怎么在这儿？"

　　庄青也一愣，脸顿时红了。"崔老师，这是……我姐姐的店。"

　　"你姐姐？"

　　庄青还是在校时的模样，一件黑圆领短袖T恤配发白的牛仔裤，凹凸有致但一点都不胖，她怎么可能是女老板的妹妹呢？

　　崔宁生留意庄青很久了，因为她一见他就脸红。全院都知道崔宁生是单身，总有女生鼓鼓囊囊地朝他跟前凑，都是些没有半点心思在学习上的，他根本看不上。庄青是个例外，她是三年来唯一每次见他都脸红的女生。他观察过，她对别人不那样，这使他确信她对自己有意思。女孩见到心仪的男子就该脸红，崔宁生也只喜欢为爱而脸红的女孩，何况她既有身材又有相貌呢。他怕自己有所表露，比如发亮的眼睛或绷不住的笑，别的女生一定会注意到，所以从来没约过她。刘宗民就曾被匿名举报过，说他跟一个女生关系不正常，院长立即停了他的工作，后来查明那个女生跟他们班里的一个男生好，害得刘宗民家里闹了好一阵子。

　　这些日子崔宁生忙得连轴转，那天问班里一个学生，才知道庄青已离开学校了。她怎么没来打个招呼呢？可自己从来没对她有所表示，她凭什么要来话别？拿文凭走人在这种学校是再正常不过的事，可崔宁生还是觉得空落落的。没想到她此刻就站在身边面红耳赤。

　　她垂着眼睛说："崔老师进去坐坐吧！"

　　店堂比人行道低了两级台阶，并没有外面看上去那么大，四壁刷成蓝色，气泵和气泡声在每个角落嘀嘀咕咕，他有种潜到水里的感觉。店堂里并没有坐的地方，崔宁生赶紧看鱼以免庄青尴尬。"那你就在这里先干着？"

　　她叹了一声，他没听到但感觉到了。她避开他的目光，他看到她脸上裹着一圈绒毛。"其实每天看它们也蛮有意思的。"他说。

　　她抬头，刚要开口又打住，朝门外说："姐，这是我们班辅导员崔老师。"

　　崔宁生回头，老板娘像一条花枝招展的大鱼朝他游来。"哎呀！

我见过你！你站在街边朝里面看过好几次！庄青每回都崔老师长崔老师短的，我想会不会就是这个人呢？还真有这么巧的事！"庄青连脖子都红了，她姐姐朝崔宁生挤眼，"崔老师很有明星范哟！"她这么直白，崔宁生都不知怎么应对。幸亏这时公交车来了，他赶紧告辞，庄青的姐姐还在身后叫："崔老师有空来玩哟！"车开出去好一段，崔宁生脑子里仍然被她的胸脯塞得满满的。

单身生活在夏天最简单，无非是到家先冲凉再吃饭，今天崔宁生却在脱得只剩裤衩时停住了。庄青没走，这是不是个机会？

那两年的婚姻他受够了，这四年的单身他也受够了。四年间他陆续有过几个伴，但她们目的性都太强，有的从饭店跟他回家，看到只是个小套，连手都不让他拉了；有的倚在床头要东西，开口就是iphone，吓得他半天不敢吱声；还有上过一次床就要结婚的——那个大龄女青年死磨硬缠他半年，现在想起来都后怕。庄青在这时出现真让他眼前一亮。

不过庄青可能是个较真的人，一旦发觉不合适就难以脱身。相比之下她姐姐更有味，不是做老婆的那种，但在一起肯定尽兴。离婚提高了崔宁生对女人的鉴别力，接触一次就能把她们归类，根本不用细想。

空调吹得他连打几个喷嚏，窗外天已黑透，还得穿上衣服先去解决肚子问题。夜色下气温仍然高得他浑身刺痒。"热风、热风，现在只是热，根本没有风。"他嘀咕一声，自己都莫名其妙。

直到洗了澡躺在床上他才意识到一个问题：庄青在马路对面卖热带鱼，而他在登记表上填的她是在家乡找到了工作，还编了个单位，好像是县种子化肥公司，天知道他是怎么想出那么个单位来的。下午院长夸他资料详尽，这才是负责任的态度。一旦露馅，院长能容他？这事换了别人可能不打紧，但庄青从来就是焦点，她姐姐又那么惹眼。马路对面，这距离近得连编个谎也来不及呀！问题越想越严重，他赶紧在手机上翻起来。

徐刚是他高中同学，这个钟点了还在应酬，舌头都大了。他随口答应崔宁生天亮了再说，崔宁生喂喂连叫几声他才没挂断。崔宁生要他马上给个机会，他嘿嘿笑："那女孩到底是你什么人？发生过关系？保证没有？那也是迟早的事。"徐刚在中学就那样，只要是一男一女他就敢朝那上面扯。崔宁生说："我跟你说正经事！明天或后天她就来面试，你一定得给个面子！"

挂了电话已是一身汗，他站到空调出风口下调出庄青的号码，刚要拨号又停下了。如果徐刚那边有希望，问题就算解决了，最好还是当面告诉她。

"明天我就盯着她看，"他想，"我帮了她一个大忙呢！"

店门开着，但店堂里没人。崔宁生看到墙上有一扇半掩的门，跟墙漆成一个色，他昨晚没注意到。那该是她们住的地方。他忽然想看看她们的居住条件，走到门口才问："有人吗？"他想象着庄青手足无措的样子，第一眼却看到了她姐姐的胸脯。她蹲在地上摆弄着什么，被连衣裙领口半掩的两个肉团直瞪着他。"崔老师？"

他干咳两声，"庄青呢？"

"她找工作去了，"她这才站起来，"热带鱼生意还不够我一人做的，她在这儿也是浪费时间。"

"我也是这样想的。我给她介绍了一家公司，人家让她去面试。"

"哇！"她立刻换上了那种挑逗的眼神，"难怪庄青成天念叨你。"

崔宁生避开她的目光。"你们就住这儿？"

"是啊，这么点地方，连屁股都转不开。"

两张单人床隔着一张凳子的宽度，中间的地上放着个电饭煲，她正在摆弄的东西。

"这么早就做饭？"

她问他懂不懂电器，因为这电饭煲摁下去自己就跳起来了，昨晚差点连饭都吃不上。崔宁生其实一窍不通，还是蹲下去摁了几下。"什么问题呢？"她俯下身子问。崔宁生偷偷瞄一眼，那么大的奶子就悬在他眼前，真想伸手摸一下。她唔一声，他赶紧低头再摆弄几下，嘟囔道："可能不值得修了。"

"唉，钱花得比挣得还快！"她在床沿坐下，"崔老师，要不你给庄青打个电话吧？"

电话立刻就通了，庄青兴奋得语无伦次。崔宁生说事情不一定成，关键在面试，庄青立刻说请崔老师陪她去。其实他就是那样想的，但嘴上还是推托了几句。庄青的姐姐一直看着他，带着狡黠的笑，他一挂断她就说："还真有点那个意思啊。"

"你可别开这样的玩笑。"

她一点不尴尬，"不过庄青肯定是有意思的，我还笑话过她。"

"什么？"

"我说她可能想多了。"她掩嘴哧哧地笑。

崔宁生无言以对，只好说要回去工作。"请崔老师也帮我介绍份工作吧？"她忽然说。

"你不是有这个店吗？"

"什么店？说穿了就是给房东打工，你见过几个进来买鱼的？"

"那为什么要开这个店呢？"

她说她前夫的朋友办了个生产鱼缸的厂，她前夫就要跟着开店，拦都拦不住。她天天跟他吵，离婚后就落下这个店。

难怪她总流露出饥渴，崔宁生奇怪自己怎么没早看出她是离了婚的。

"要是有份工作，我还在这儿守着？人都守傻了。"她又说。

崔宁生说："我留个心吧。"她眼睛一黯，过一会儿才说了声"谢谢"。

过马路的时候崔宁生在心里嘀咕：我上哪给她介绍工作？这样的女人就该成天被丈夫看着，可她偏偏离了婚！她先前"唔"一声是什么意思？她发觉我在偷看？

徐刚的确很给面子，只跟庄青聊了几句，就让人事经理跟她谈。徐刚开始做生意时境况很糟，到处求人介绍生意，没想到现在还真做大了，有一层办公楼，又在筹办一家物流公司。崔宁生一看这架势就觉得庄青的工作有了着落。

"很会挑呀你！那么多女生都没让你眼花，我敢说她是全校最漂亮的。"

崔宁生赌咒发誓说他跟庄青什么都不是，徐刚笑得呵呵的："我不信，哪怕你现在就被雷劈死我也不信。要不你性功能障碍？你老婆是为那跟你离的？"

他说话比过去更放肆，但这会儿崔宁生只能由着他。

不多会儿庄青回来了，脸仍然红着，但眼睛闪闪的，看来事情很顺。他们告辞出来，崔宁生赶紧问情况，事情比他预料得还好：起薪四千五，另有业务提成，随时可以开始上班。

"还满意吧？"

"哎呀，我谢你还谢不过来呢，给我介绍了份这么好的工作，我到现在还跟做梦似的。"她脸红得又跟以前一样了，而且靠得这么近。

来的时候庄青抢在出租车前排坐，那是怕他付钱。这会儿崔宁生拉开后门说："你朝里坐。"自己也钻了进去。出租车后座是开始男女关系的好地方，你拉她的手，她要是不拒绝就成功了一多半，关键是掌握好时机。这事崔宁生做过几次，基本都成了。不过今天恐怕得收敛些，他三年没找庄青私下交往，她一定觉得他很正派，得先让她适应一下。现在可以随时约她了，两人坐后座的机会今后有的是，只要三次就足够。

他交代了些上班注意事项，庄青说她只担心迟到，因为路太远。他说眼下你只能早起，稳定之后再在单位附近租房子。

"租房子？那还能剩下钱来吗？"

她的眼睛清澈无比，他真想建议她搬他那去，随即意识到自己住得也不近。她像是看到了他的想法，红着脸扭过头去，姿势有点拘谨。她以后会丰满起来吗？她现在这样很好，带出去很有面子。

她忽然问他喜不喜欢热带鱼，他立刻明白了她的意思。"你可别那样，我连给自己做饭都嫌烦，鱼到我手里就是死，添那个麻烦干吗？"

她说不用他操心，有人定期上门打理，一般会安排在周末。"天哪！"他装出一副吃惊的样子，"我难得睡个懒觉就有陌生人来敲门，可我还没穿衣服呢！"

庄青捂嘴冲窗外笑。他忽然有了拉她手的冲动，但司机咆哮出一句粗话，原来是一个骑电瓶车的抢道。此后庄青一直绷着，大概是被司机吓着了。

下车时崔宁生一定要司机收他的钱，庄青的姐姐迎到门外，要崔宁生进去坐。他说还有事，挥挥手就过了马路。他在校门口回头，她们还在路边热烈地说着什么。

他径直去了院长办公室，说庄青的就业情况有变动，问统计表要不要改。"当然要改，当然要改，"院长笑开了花，"就业档次提升了嘛！明天开总结及招生动员会，汇总资料人手一份，谁该奖励谁该挨批，让大家心服口服。"崔宁生没朝心里去，院长每回都说奖励，可他们从来没见到钱。

崔宁生是骑车直接回家的。她们姐俩可能会请他吃饭，他要是说已经到家，过一会儿又汗蒸蒸地出现在她们面前，会显得很真诚。等到七点半，他确信今天她们不会请他了，还得出去吃饭。街拐角的"二胖厨艺"平时他一直觉得口味不错，可今天喝完两瓶冰啤酒都没吃出味道来。

叫庄青出来？找到工作的当天，又是这个钟点，恐怕不太合适，真后悔下班时没去"热风"绕一下。

回到家，电视很无聊，微信朋友圈里也没东西可看，连房间里的摆设也显得很别扭。刚离婚时就是这感觉，持续了好几个月，所以印象很深，可他跟庄青连手都没拉过呀！挨到九点半，就在他确信这一晚都废了时，庄青来电话了。他故意过一会儿才接，她说她明天上班，因为这个机会太难得。她还问他今天下班怎么没到她们那去，她们本打算请他吃饭的，又怕他在应酬，就没敢打电话。崔宁生想告诉她自己这一晚的感受，支支吾吾还没找到恰当的词汇，她就说打扰了，那崔老师休息吧。

就是说她们是想请他的！他痛恨自己下午的"表演"。你是在扮嫩还是冒充高尚？给谁看？人家明天就上班了！

又是一身汗，他站到空调下闭上眼睛，但心一直在喉咙口跳，半天落不下去。

没想到院长这次真发了钱，崔宁生五千，还有一个三千的，其余的都是一千，院长还让他们休息一周，为暑期招生做准备。崔宁生的就业登记表被放在了首页，院长的手一直在上面敲打："办好一所大学只要做到三点——生源、军事化管理和就业率，学院开办三年了，到今天我们才算迈出了第一步……"刘宗民戳戳他，做了个仰脖子的动作，看来今晚一顿酒是躲不过去了。

一散会刘宗民就拽着他问哪家饭店。"就食堂呗，还能去哪？"崔宁生说。

"这食堂你还没吃厌？"

"我也想去5星级饭店，你请呀？"

他们真够狠的，八个人喝了五瓶海之蓝。大家一起出来，隔着马路就看到庄青的姐姐站在街边，被身后的大窗衬得曲线毕露。"哎，看到那个女人没？"刘宗民说，"太性感了！我敢说她床上功夫绝不一般。"

"小声点！我看你是喝多了。"崔宁生低声喝道。他正想朝他们中间躲，庄青的姐姐已看到了他。"崔老师，怎么弄这么晚？"

刘宗民瞪着崔宁生，故意大声说："崔老师，你怎么什么事都干得比我们又快又好？跟你做同事压力也太大了！我们走！"他朝他们一招手。

因为离庄青的姐姐太近，崔宁生没骂出口。他们哧哧笑着去了。

她抿着笑，等他们走出一段才说："大学老师也开那样的玩笑？哟，喝了不少吧？我给你泡杯茶？"

"不用了。庄青呢？"

"说是加班呢。我在等她。"

"第一天就加班？"

"是呀，看来业务不错。还得多谢你呀！崔老师留个住址吧！昨天庄青跟我说了，那是我们的心意，你要拒绝就是看不起我们！"

他想解释自己怕麻烦，她却不让他把话说完。"麻烦什么？你总相信我吧！你隔十天半月的把钥匙扔我这儿一次，我带工人趁你不在的时候过去，像钟点工一样！"他嘟嘟囔囔插不上嘴，酒却一个劲朝上涌。他说我现在晕，这事以后再说。她问他喝了多少，崔宁生说大概有六七两。她说下次陪他喝，然后为他拦下了出租车。他记不得是怎么到家的，早上醒来发现自己连衣服都没脱。

庄青请求加她微信，他一接受她就发来一大段文字，显然是事先备好的。她说昨天加班晚了，公司在争取两笔大订单，可能要忙一阵子。她要崔宁生注意身体，少喝酒，还说水族箱已为崔宁生选好，她姐姐会带人来安装。她要崔宁生的地址，并给了他她姐姐的电话。

庄红，她姐姐的名字。崔宁生觉得她的名字就该这样艳俗，庄青也像她的名字，有高雅的意味。取名是门学问，像他家，他哥叫沪生，因为出生在上海，他生在南京，就叫宁生。两人的名字只标明了出生地，没一点表明性格或寄托希望的意思，所以到现在都没出人头地，还尽遇到同名的人。有次参加宴会，他竟遇到个女的也叫"崔宁生"，主人让他俩坐一起，以为他们一定聊得来，他却没怎么搭理她。有什么可聊的？同样的名字只说明他们父母同样没文化，想起来都窝心。

有时他也想取什么名好，自己是不能改了，为将来的孩子备着也行，不料姓崔的名字不好起，他至今没想出一个令自己满意的。

"崔庄？"他脑海里突然冒出两个字，像地名却不是地名，普通又有味，还真不错。随即他愣在那里：我真打算跟庄青结婚？

不过有一点可以明确，他爱上她了，以前只是喜欢。

下午庄红打来电话，问他什么时候在家。崔宁生还想朝后推，庄红说店里没地方放，今天再晚都得送来。听说崔宁生此刻就在家，她立刻说："那我们现在过来。"她说"我们"，就是说庄青也来？崔宁生赶紧收拾房间，这么多垃圾打哪来的？他楼上楼下跑两趟，再把外间的零碎堆到了里屋，又打电话给"江南春"订了小包间。"江南春"是这一带有点档次的饭店，小包间能坐四人，崔宁生几个月前带一个已婚女人去过，她让他吻她面颊又死活不肯让他再进一步，那以后没再联系过。今天三人用餐，不存在这个问题，而且不管怎么坐，他都坐在她俩中间！

敲门声响起，他大叫"来啦"过去开门，晒得通红的庄红拎着两个桶站在门口。"怎么就你？"

"工人抬水族箱，马上上来。"

他忽然明白她先前说的"我们"并不包括庄青，是自己昏了头，幸亏他没提庄青的名字。

三个工人抬进来的东西把崔宁生吓了一跳，这么大，难怪她们不说鱼缸而说水族箱。走在前头的那位弓着腰瓮声瓮气问搁哪。崔宁生刚在饭桌旁腾出一块地方，这会儿都不好意思提。"那，就放房间里吧！"

房门打开，他的脸立刻滚烫，先前随手放进来的东西使整个房间像个垃圾场。再挪开电视柜，灰在下面结成了团。好在大家都手忙脚乱的，他也没工夫难堪。水族箱终于放下，占据了大半面墙，电视机灰头土脸缩在靠窗的角落里，总体感觉是这整个家都配不上这件新家什。

工人们开始放水，崔宁生赶紧请庄红外屋坐。他要给她泡茶，但杯子很脏，开水也不是当天的，他臊得说不出话来。直到泡好茶端给庄红，他才说了一句："你喝茶。"庄红接过杯子，吹了两口又放下，看着他笑。

"怎么？"

"你别不好意思呀，单身生活就这样！我的住处你是看到的，和猪圈有什么两样？"

"你那里是地方太小，现在又有庄青一起住。"他说，"我这里是因为我懒，想要做可又赖着不动。"

她笑得咯咯的，"这是实话，不过那的确不是男人的事。"

"那什么是男人的事？"他故作俏皮地问。

"你们男人只想一件事。"她脸一红，"那倒没什么，把钱挣回来就行。"

崔宁生一愣，干笑两声不敢接茬儿。

"我说的也是实话。"说着她走到里屋门口站下。连衣裙粘在背后，包裹出圆满的臀部。

他看了好一会儿才想到晚上还有吃饭的问题。要不要叫庄青一起来呢？她忙，叫了也来不了，反而……反而什么？他无法回答自己，但他此刻的确希望只和庄红去吃饭。

水放得很慢，到这会儿刚淹没底部的黑砂，三个工人盯着水管前端翻滚的砂子，像是在比试耐心。这房子是崔宁生离婚后买的，用了父母压箱底的钱，他们嘴上不说，心里肯定不满，所以基本不来。这屋里最多只有过两人——他和某个女人。先前忙乱不觉得，这会儿看到一屋子男人，他连呼吸都不畅了。今后定期上门的没准就是这三人中的一个，而且往后他每天都得斜着看电视，这水族箱真要彻底改变我的生活？

窗下的树叶亮得晃眼，他刚想拉上窗帘又缩回了手。这倒霉的安装怎么要这么长时间？"崔老师看看鱼吧，"庄红忽然说，"有安神作用的。"崔宁生又一愣，她怎么知道我烦躁了？庄红已打开水桶："这是红苹果，这是红绿灯，这几条叫鸳鸯，这边这个叫孔雀，这边长尾巴的是新大钩扯旗……"大概是因为俯视，崔宁生并不觉得它们与名字有多相配，却注意到了庄红的手，洁白、圆润，带有一种难以言状的慵懒，又似乎是在邀约。他还从来没这样注意过一个女人的手，只记得前妻的手骨节粗大。

他和庄红又到外屋坐下。她喝着茶，冷不丁问："崔老师怎么没小孩？"

"还没要就离了。幸亏没要。你呢？"

"刚进城打拼时不敢要，没多久就开始吵架了。"

"我们情况一样。"

"不，不一样。"

"怎么呢？"

"男人和女人怎么会一样？"

她把头扭向一边，他无法判断她是在说笑还是认真的。她一直把杯子端着，他过一会儿才明白那是为了挡在胸前。她今天的连衫裙领子比较高，只露出脖子上的细项链，它当初该是白的，现已介于黄白之间。

她白他一眼，"不一样吧？"

"啊？"他几乎忘了正在进行的谈话，"我还是不明白。"

"我会这样盯着你看吗？这就是不一样！"

他有点尴尬，但打心底喜欢这种说话方式。男女交往中，最难的就是如何打开两性关系的话题，男人们兜圈子试探，既不敢唐突又不肯放弃，很费神，而有些女人却能先把话说开，这种女人很容易上手，庄红就是这种女人。崔宁生干脆放开了看她，胖女人很能激发联想。

"都是肉肉，给你看得难为情死了。"她笑了，高声问，"水放满了吗？"

工人在里屋回答："差不多了！"

水族箱的确非常漂亮，"热风"里都没这规格的。工人们收拾停当，到外屋喝水。庄红向他解释各个开关的作用。她的手在水族箱上触碰、抚摩，每一个动作都在他心头拉出一道酥麻的感觉。

"崔老师都清楚了吧？"

"什么？"

"这些开关呀。"

"开关？"

"你在干吗哪？"

"我在听你介绍呀。"

她扑哧笑了。一个工人伸头说那我们走了，庄红忙说我也走。"你再坐会儿嘛，"崔宁生脱口而出，"我还没来得及表示感谢呢！"

他把工人送出门，回身时庄红已站到了外间。"坐，坐，再喝点茶。"

她说不喝了，不喝了，接过杯子却直接送到嘴边。他赶紧邀她一起吃晚饭。她很吃惊，"庄青也来？你还没联系？那就别打了。昨晚她就跟我说今天是关键，对方老总带人过来。"

"那就我们去，"他说，"给我个感谢机会嘛！"

"感谢我什么呀？水族箱是庄青买的！我等于白做一单生意，她指定要了个最贵的！"

他目瞪口呆。

"心里很温暖吧？"她表情有点酸。

"可这有必要吗？"

"我也这么说的，可她哪肯听？店里的鱼缸她都看不上！"

他无言以对。

"她对我爸妈都没这么好过，更别说我了。"她摆出一个世俗的笑，"崔老师喜欢庄青吗？"

"这怎么说？她那样的女孩子人人喜欢。"

"我家庄青的确漂亮。"

"你不也很漂亮吗？"

"别拿我开玩笑！"

"真的！"

她捂嘴低头笑，"你今天这样一点不像大学老师。"

"是吗？因为我们处境相同呀。"

"别逗了，你离了婚照样有女孩子追你，而我离了婚成了什么？一堆肉！"

"一堆肉？"他想笑，不得不绷住。

"人人都想尝一口，但没人会把一堆肉当老婆……"她竟哽咽了一下。他稍一犹豫，抓住了她的手，"总得有个过程。"

她没挣脱，垂着头一动不动，他也不敢造次，只希望她先抽泣然后哭出声来，接下去一切顺其自然，可她却站了起来，"我刚才该跟他们一道走的。"

"我订了饭店了！"

"我想吃也不能去呀。"说着她就走了，还拉上了门。崔宁生追出去，她的脚步声在楼道里快速下降。

"江南春"的电话把他从失神状态中唤醒，他给庄青发了微信，说水族箱装好了，你太客气，你姐姐也一样，坚持要回去吃饭，我很不过意。

他等了一会儿，庄青没回复。他下楼去吃了一碗水饺，其间眼睛片刻没离开手机屏幕，庄青还是没回复。他紧张了，庄红可能对庄青说了什么。

回到家，他只开了水族箱的灯，然后倚着床帮坐在地板上。我今天真是昏了头了，这下好，鸡飞蛋打！

鱼在他面前如同悬浮在空中，身下挂着一条条影子，可他不但记不全鱼的名字，就连记住的也对不上号了。

收到庄青微信时他正在打盹。"对不起崔老师，我刚看到微信，接待工作到现在还没结束。一个水族箱何足挂齿，现在就业之难我们都清楚，聊表心意而已，过意不去的是我们。有空再聊。"

庄红没对庄青说下午的事！他想站起来但腿都麻了。他揉着腿，忽然想笑，看来他不能盯着热带鱼看，先前那么紧张居然还打了盹，偏偏他这辈子收到的最大礼物就是一大水族箱鱼。

庄青的表达清晰而得体，他过去没留意。尽管她来自一个小县城，这段话却说明她具有"登堂入室"的气质，这点非常重要。他想象着庄青在商务应酬中的样子，但思路总是滑向庄红，软软胖胖的，胸脯、眼神，还有手，比庄青更真切。

说好休息一周的，这才三天院长就打电话来要他去一趟。崔宁生以为是造假露了馅，一路上都在想怎么应对，见院长笑容满面才松了口气。院长给他倒了一杯水，让他就辅导员的作用谈谈看法。崔宁生说辅导员的职责是为教学的正常进行提供保障，这其实是院长叮叮了三年的话，院长却打断了他：“不，我现在对这个问题有了新认识。我们这样的学校靠什么存在下去？学术水平？我们起码得在五年之后才有资格谈学术，这一点我比谁都清楚。我们靠的是管理！几年下来没出大事，学生全部拿到了文凭而且大部分就业，不靠管理能做到吗？”

“对，对。”崔宁生嘴上应和着，还是不明白院长为什么叫他来。

“我们实事求是地说，现阶段我们学院，辅导员和教师谁更重要？”

见他犹豫，院长又说：“辅导员更重要，对不对？”

他点头。

“我考虑成立一个部门对辅导员加强管理。”

崔宁生忽然明白自己要升官了。院长收起笑容朝他点头，“我想让你担点责任。”

院长打算设立训导处，与教务处平级，院长总抓，需要一个具体操办的人。院长谈了半天设想，其间喝了两杯水，崔宁生盯着他开合的嘴，只等他说工资的事。最后院长站起身来，“这次谈话不算正式拍板，你先拿个实施细则出来我看看，唔？”

这不是要我吗？还没任命，我凭什么给你做实施细则？崔宁生在走廊里想，但到了阳光下他就改变了想法。自行车晒得烫手，副主任不管怎么说也比普通辅导员强啊！

他在校门口犹豫了一下，推车过了马路。这几天让他心神不定的是庄红对他的态度。

店堂里没开灯，庄红坐着吹电风扇。"嗬，享清福啊！"他装出一副大大咧咧的样子。她扭头，眼睛一亮。"来，坐下吹会儿电风扇。"她站起来，见他还在找板凳，咯咯笑了，"就这一张凳子。"

"你坐，你坐，我一身汗，站着吹会儿。"

她没坐，站在他身旁，温顺而羞涩的样子。一切担心都是多余的，他立刻有了再度触碰她的欲望。柔软而细腻，这样的女人实在难得。他朝窗外瞄一眼，有人等车，再回头发现她的脸转瞬间红了。他还莫名其妙，她已把头扭向别处。他一惊，天呐！她真的随时能感觉我的心思？

"鱼怎么样？"她躲避着他的目光。

"很好，我这几天连电视都没看。"

"别喂太勤，刚开始养鱼的人总是有空就喂，把水质都弄坏了。"

"我才不会，我成天光想自己怎么吃。"

她扑哧笑了。他跟着笑，目光却离不开她高耸的胸脯。

"你用那么多时间看鱼，就想不到喂它们点？"

"我哪用多少时间看鱼？一看就睡着了！"

"睡着了？"

"鱼有安神作用，这话是你说的，但它们对我的作用也太大了！"

"哎哟，你今天是专门来逗我笑的吗？"她笑弯了腰，又忽然捂住嘴，"人家还以为我发神经了呢！"

还真有几个人贴在玻璃上咧嘴笑。崔宁生像是看到了过去的自己，脸有点发烫。

她止住笑，问他怎么不休息了。他知道提拔的事现在不该说，可还是一股脑都告诉了她。她看了他一会儿才说："恭喜你。"

“怎么？你好像不高兴？”

“当然高兴，好事嘛。”可她仍然笑得不自然。

眼看要到下班高峰时间，崔宁生得走了。“庄青什么时候忙完这一波啊？我还等着请你们吃饭呢。”

“你请她吧，我就不去了。”

“为什么？”

“我去当灯泡啊？”

“你怎么能这样说呢？”他提高了声音，“我跟庄青什么都不是呀！”

她愣一下，嘿嘿笑了，但那笑很复杂。

“说好了啊！你得去，我还有东西要给你。”

“啊？”她欲言又止。

“到时候你就知道了。”

她看着他，脸红红的。

回家的路上他也纳闷，怎么先前不知不觉就装出清白的样子呢？而且他知道自己装得很像。

庄青在电话里先客气了几句，然后说：“那就后天吧，后天星期五，我想这个周末不会再加班了吧。”两笔大生意都被他们拿下了，可是庄青情绪不高，因为提成总额将超过十万，但实习期的人没份。崔宁生安慰她生意一直会有。“哪还有这样的机会呢？”她说，“你没看到那些老员工都高兴疯了！”

自从庄青上班后，他们还没打过这么长的电话，但她尽说些不该计较的事。崔宁生隐隐觉得庄青跟他前妻有某种程度的类似。

他前妻是他大学同学，大二开始好的，那以后时间都花在了找地方幽会上，在校期间堕了两次胎，毕业后第一件事就是把婚结了。大概是前面热过了头，婚后的生活索然无味，他做任何事她都不满意，而她哪怕做一点小事都要怨天怨地。早婚带给他的唯一好处是早离。

庄青和她会是一类人吗？但她们看上去相差那么大，但这想法挥之不去，笼罩着那天余下的时间。

当她们一起出现在小包间门口时，崔宁生眼睛都忙不过来了。庄红艳得耀眼，庄青还是那身打扮，两人都红着脸，不过庄青红得更厉害些。她们站一起庄青的优势就显出来了，无须任何解释。他让庄青坐在自己右手边，随即就要开酒，不料庄红说她只喝饮料，崔宁生刚想提醒她上次说过的话，随即意识到这会儿说不妥。他叫来服务员，让她报饮料给庄红选。

几天不见，庄青像是换了个人，崔宁生随便问什么她都回答一大通，工作、同事、公司传闻一股脑倒出来，庄红却不怎么说话，跟她碰杯她就喝，笑得也很被动。她去卫生间时崔宁生问："你姐姐今天怎么啦？好像不高兴嘛。"

"她平时就那样，今天身上也不舒服。"

他知道庄红不是那样的，但面前的庄青秀色可餐。

"干吗这样看我？"她红着脸把头扭向一边。

"我一直想你，"他毫不犹豫抓住她的手，"每天。真的！你想我吗？"

她不回答，任他揉捏。过一会儿才说："我姐要回来了。"

崔宁生松开手，心里却盘算着下次见面能到哪一步。

"我想在公司附近租房子，找到了就请你过去玩。"

"好，好！一定，一定！"他喜出望外。

"我还没跟我姐说，怕她难过，这几年……"

"不会的，她该为你高兴。"

"可我上班已经迟到两次了！"

他拍拍她的手背，"她真的会为你高兴的。"

庄红回来了，他们继续，但菜下得很慢。崔宁生等到她们都吃不动了，起身拿过珠宝店的首饰袋，一红一蓝两个盒子让她俩的眼睛同时亮起来。项链是一样的，吊坠的形状也一样，但一个嵌红宝石，一个嵌蓝宝石。她们惊呼不断，人都在放光。"你的好看！""哎呀，你的更好看！""我们可以换着戴！""对呀！对呀！"庄青还保持着一点矜持，庄红则合不拢嘴了。崔宁生观察着她们的差异，心里有种莫名的得意。

"挑选这两根项链，花了我半天时间！"他说。其实他是听了女营业员的建议，前后不超过十五分钟。

她们都坐不住了，只好结束。庄红要来打包盒，亲手把好菜挑出来，分了四盒。她们没冰箱，只能由崔宁生带走。"那我得吃到什么时候呀？"

"招聘吃货还不容易？你写好条子，我帮你朝电线杆上贴。"庄红说，自己都笑得呵呵的。她变回平时的模样，这一晚到这会儿才有了气氛。

外面下着小雨，否则他真想陪她们走回去。她们上了出租车后，他步行回家。难得凉快一下，浑身有使不完的劲。

他在水族箱前坐到半夜，没一点睡意。明天约庄青上哪呢？他想好几个方案，早早约她，任她选。

但庄青一大早就去找房子了。她说她昨晚已把话跟姐姐说明，姐姐很支持，问题是房租太贵，而且中介公司要收一个月的租金作为中介费。"这哪是中介呀？分明是抢钱嘛！"电话里她带上了哭腔。崔宁生为她出主意，一会儿一个电话，可直到星期天下午她还是没找到合适的房子，他只好说不急，不急，多看看总没错。

那四盒剩菜让他整个周末没出门。晚上看鱼时他想，下星期得向庄红问清楚每次投食的量。他随即想起了她肉肉的手，庄青的手没那么性感。

星期一崔宁生上班很早，两件事得抓紧：一是院长要他写的训导处工作细则，大半个星期过去，他竟然一个字没动，自己都觉得太过分；二是他想跟庄青一起租房。昨夜他梦见庄青苦着脸在烈日下行走，醒来后冒出了这个念头，那以后他就再没合过眼。这么好的主意我怎么没早想起来？分租、同居，甚至试婚都行，可进可退，上哪找这么好的机会？问题是怎么向她开口呢？应该约她一次，约到他那里，事情就该差不多了。

十点多钟院长过来，见屏幕上才几行字，脸就拉下了。崔宁生赶紧解释天热，父母都不太舒服，他忙着照料他们。院长走后，刘宗民伸头问："哎，院长找你什么事？"崔宁生赶紧关掉文档，说："工作的事呗，他还能请我吃饭？"

刘宗民盯着他看，"你好像有什么事瞒着我们，要当副院长了？"

旁边立刻有人应和："那好，再请我们吃一顿！"

"做梦吧。"崔宁生说着关掉了电脑，办公室真不是做事的地方。这时他收到庄青的微信：

　　崔老师，租房的问题已经解决，公司有个女同事也是外地人，她找到了房子，离公司不远，她正找人分租，租金也很合适，中午就带我去看。

　　崔宁生愣在了那里，半天才听到刘宗民在问："你半天不回答我，还把电脑关了，什么事那么神神道道的？"

　　他还是没回答。从半夜到这会儿的苦思冥想就这么一笔勾销了？他脑子里一片空白，直到午饭过后他才给庄青发微信：

　　值得庆贺！什么时候搬？我来帮忙。

　　庄青到下午才回复：谢谢！我已经搬了，公司派的车。东西不多，基本布置好了，这两天再去添置点东西。我现在上班。欢迎来玩！

　　她的新地址看上去很遥远。

　　过了下班的点，他才把《训导处工作细则》打印了拿去院长办公室。院长眼皮抬一下，说："弄了一天啊？"崔宁生不知道他是不是讥讽，也不敢搭腔。院长看了两遍，把那两页纸轻轻放下，崔宁生正想松口气，院长开口了，语气轻柔得异乎寻常。

　　"你心思不在这上头啊。"

　　好一会儿他才反应过来，赶紧解释，不停地说，自己都不知说的是什么。

　　"那你自己再考虑考虑吧，"院长把那两张纸推过来，"我也再考虑一下。"

　　走出来他腿肚子直打战，只好推着自行车走。"热风"在马路对面灯火通明，但他没过去，只在心里嘀咕："庄青，都是因为你呀！"

　　星期二他站在院长办公桌前，腿肚子再次打战。还是那个钟点，窗外依然蝉鸣一片，院长这回看了三遍，崔宁生的衣服开始粘在身上。

"唔，这有点像样了。崔老师，干任何事都要尽全力一次干好，不但我们自己要这样做，也要这样要求下属，这是承担一项工作的起码要求。"

崔宁生一个劲点头，有想哭的感觉。

他先不去推自行车，而是给庄青打了个电话，说他现在就想见她。"现在？"她很吃惊，"你在哪？"

"在学校。"

"那你过来得一个半小时，不，已经是高峰时间了，你两个小时都不一定能到这儿。有事吗？"

"只想和你在一起。"

她好一会儿不出声。

"喂喂，听到吗？"

"嗯。"

他对出租车司机说只要快，司机七绕八绕，计价器跳得飞快，但看到庄青唰地一下红了脸时，他觉得这一切都值。

"你来得还真够快的，赶在我饿晕之前。"庄青笑着说，眼睛闪闪的。她从来没这样说过话，崔宁生又惊又喜，"走，我们去吃饭，这儿还真蛮方便的。"说着就揽住她的腰。

"啊呀！"她赶紧躲开，"说不定会遇到公司同事呢！"

"就说我是你男朋友呗！"

"人家不得有个适应过程吗？"

他过一会儿才明白那个"人家"就是她自己，随即想象出她在怀里撒娇的样子。

等上菜的时候，他盯着她看。她忽然抬起眼睛，"我一直想问，如果不是那天在店门口遇到我，你大概很快就把我忘了吧？"

他没想到她会在这时问这个。"怎么可能呢？那阵子不是忙吗？再说我也不知道你离校了呀！"

"我只是搬到马路对面呀！而且你打听过，知道我离校了也不主动打电话问一下。"她低着头，很委屈的样子。

他知道这会儿说啥都没用，但还是说："我想忙完了找你的。"

"我要是回家乡了呢？"

这不该是第一次约会的气氛，他无言以对。她伸手取餐巾纸，他想抓她的手却不敢造次。幸亏这时菜上来了，他赶紧招呼她吃。

看来她的确是饿了，边吃边嘟囔："这个菜真好吃，可为什么叫咕咾肉呢？你也不知道？可你是大学老师呀！"

他又给她夹菜，然后把确定要提拔的事跟她说了。"真的？那可太好了！"她吃惊的样子令他吃惊，看来她们姊妹之间不谈论他。

"那我们来点酒吧？今天我请客，为你庆贺一下。"

"不，我请。那就来两瓶冰啤酒吧。"

碰杯时她的眼睛恢复了闪烁，"真为你高兴！"

他一口一杯，不一会儿两瓶啤酒就见了底。她想叫服务员，他说："算了，一会儿乘车上厕所不便。你有自己的房间吗？"

她的脸唰地红了，"有，但……"

她打住了，崔宁生只好说："那我们找个茶社再坐坐。"

"今天就不了吧，我今天买了个布衣柜，还要把东西收进去呢。"

他也不勉强，毕竟这是第一次。

"你当了官会拿腔拿调的吗？有些人原来挺好的，一当官就变得不认识了，你会那样吗？"

他笑了，"我哪知道？这不还没开始嘛。"

"你要是变了我就永远不理你了。"

"你现在非常漂亮。"

"人家跟你说正经的！"

"我就是说正经的。你今晚漂亮极了！"

"哼！"她假装生气的样子十分可爱。

饭店生意不错，到这会儿还是满满当当的。他去结了账，两人来到路边。"你去收拾吧，我走了。"

"我送你到车站。"

太热，他没去拉她的手，两人并肩走在路灯的明暗里。"我们刚毕业你就当官了，真替你高兴。"她说。

"但你刚才还显得不高兴的。"

"我只是给你个警告。"

"对你不会变。"

"真的？"

他揽过她，在她面颊上吻了一下，她立刻送上了唇。有人从旁边走过，庄青赶紧把脸埋在他肩头。他凑在她耳边说："下回到我那儿去，嗯？"她稍一犹豫，然后在他肩头打了一下。

车站上等车的人不少，他让她先回去，然后拦下一辆出租车。独自坐在后座，他既有没遂愿的遗憾，又有事情进展太快的不安。这是种奇怪的感觉。他的确每天都想庄青，但与初恋的魂不守舍不是一码事，而她先前的那番质问真有点像他过去的婚姻。

他和庄青会爱得死去活来吗？他希望，但也怀疑。

刘宗民说下班后有事跟他商量，崔宁生估计十有八九是要借钱。

他们都认为他没家庭负担，却从不考虑单身汉应酬起来比一家人开销还大，得跟他好好诉诉苦，免得他以后再开口。

哪晓得刘宗民把他领到一家海鲜馆，一坐下就拣贵的点。崔宁生吓坏了，"你这是干吗？不过了？"

刘宗民等服务员走开后才说："给你庆贺一下。"

"啊？"崔宁生明白了，但嘴上还说，"庆贺什么？"

"我们都相处几年了，提拔了也不说一声，还装！"

"没公布的事，谁说得准？"

"材料都报上去了！所谓备案也就是个形式，谁管院长提拔谁？"原来刘宗民是想到训导处工作，"你总不能什么事都自己干吧？你吩咐我跑腿，还不行吗？"

崔宁生蒙了。刘宗民一向大大咧咧，口无遮拦，跟谁都开玩笑，在所有辅导员中院长看他最不顺眼，即便崔宁生要他院长也不会同意。可这会儿吃着喝着他的，话也不便挑明。崔宁生推说八字没见一撇，刘宗民仍不依不饶："我不是让你今天就调我，但你要把我排上，你我兄弟多年了呀！"他还搂了一下崔宁生的肩膀。崔宁生哭笑不得，只能跟他碰杯。幸亏刘宗民带的是瓶好酒，大口喝也没问题。

刘宗民没怎么吃菜，说了一大堆学校现存问题和改进方案，崔宁生憋着笑只顾吃，海参和清蒸红石斑味道真不错。等刘宗民说累了，崔宁生就提议结束。刘宗民握手时用了好大的劲，叫了声"崔主任"。

崔宁生推着自行车走了一段。刘宗民肯定是脑子进水了，还没公布就来拉关系，他肯定是从办公室文员小佟那儿得到的消息。早有传闻说他跟小佟关系不正常，这下不打自招了。现在别说院长，崔宁生也绝不会要他,这家伙太毛躁。

远远地看到热风的灯光,崔宁生赶紧跨上自行车,他想跟庄红说说话。

庄红隔着玻璃就看到了他。他说:"还等生意哪?"

庄红白他一眼,"等什么生意,门关上这屋里就像蒸笼……我还以为再也见不到你了哪。"

"怎么会?"

"庄青已经搬走了。"

"那我就不能来看你?"

"我怕你累着。"说完她自己也憋不住笑了。

他有点尴尬。"咦,你怎么戴的是蓝宝石坠子?"

"哟,我先跟她换着戴几天都不行?你要是不愿意,我明天就跟她换回来,行了吧?"

"嗨!你们想怎么戴就怎么戴,但我是按照你们的名字买的。"

"你真的费了心的,可我的衣服都太闹,戴蓝的没准能静下来一点。你说我戴这个好不好看?"

"你不戴就很好看,戴了就更好看。"

她白他一眼。"人家诚心征求你意见。"

"我说的是实话。你原来的那根项链已经泛黄,但你戴着也很好看!"

她一愣,"你是因为我……"

崔宁生忽然觉得她比庄青敏感多了。她避开他的目光,又说:"又喝酒了?"

"有人请客。"

"那还算结束得早。"

"就两个人，说来说去就那几句话。"

"以后会有很多人请你。"

"怎么会？"

"当官了，总会有人求你帮忙。"

又被她说中了。

"我该为你高兴的，但我高兴不起来。"

"怎么呢？"

她没回答。崔宁生发现她眼里有泪。

"你这是怎么啦？"他又问。她还是没回答。

她是为庄青还是为她自己？

她过了一会儿说："鱼怎么样？"

"我每次都弄不清该给它们喂多少。"

"它们够吃了就行了呀！"

"但它们还吃着，你说是够了还是不够？"

她笑了，"我看你是读书读迂了。这个周末我叫他们上门服务吧。"

"别！那些人上门我不自在，再说周末谁在家等呀？"

"那怎么办？干吗这样看我？我上门？周末我只有大清早有空，你一人在家，我……"

"现在。"

"啊？！"

"可以吗？"他被自己的大胆惊呆了。她的脸唰地红了，半天一动不动，忽然站起来原地转两圈，"我钥匙呢？"

鱼很好，无须做任何事。他们很快就像磁铁吸在了一起，她挣开说先洗个澡。她洗了很久，没出卫生间就叫他关灯，连水族箱的灯也关掉。黑暗中两人乱作一团，不一会儿她就发出了撕心裂肺的叫声。

早上到办公室，空调不制冷了，叫了维修，一个多小时了还不见人来。办公室里热得没法待，崔宁生却坐着没动，头昏脑涨，一个声音挥之不去。

"我到底干了什么？"

问题是多余的，他最清楚自己干了什么——他与庄红缠绵了一夜，两人话都不多，像无法停止的机器。阳光透进窗帘时她要走，他说陪她去吃早饭却被她按住。"你抓紧眯会儿吧，还要上班呢。"他看到了她发黑的眼眶。

他在与庄青刚开始的当口却跟庄红上了床，事实就是如此。"她是她姐姐呀！"他说出了声，汗流浃背。

"但我真不是存心的，它自然而然就发生了。"

这解释连他自己都不信。自从认识了庄红他就一直在寻找机会。

"我什么时候成了这样的人？"

婚姻消灭了爱情，离婚又把男女交往简化到只剩下性，就是这么回事。往日他被情欲驱使得到处乱撞，今天第一次回头审视。

"啊？"他忽然发现一个陌生人在跟他说话，"你找谁？"

"我找谁？是你们叫我来修空调的！"

"哦哦，就是这台空调。"

"怎么了？"

"不制冷了。"

"什么情况？"

"什么情况？"他被问住了。

那人等不到回答，气呼呼地开始检测。

崔宁生硬撑着眼皮，这会儿他觉得这一夜很不值，只有情欲的关系既乏味又疲惫，而且弄不好就脱不了身，再说它切断了他跟庄青的关系，最糟糕的正是这一点。

如果她们不是姐妹就好了。

他一愣，"那，我和庄青之间也不是爱？"

"换不换？"

"啊？"他又吓一跳。维修工不知什么时候到了窗外，这会儿伸头进来瞪着他。"什么？"

"高压包烧了，我问你换不换？"

他回过神来，"换，换！"

维修工的脑袋咿哩哇啦开始报价，一项一项加起来将近八百，而且要现钱。崔宁生做不了主，打电话叫财务来个人。财务来了说得从银行走账，维修工的脑袋很不耐烦，说他每天工作十四个小时，单位的生意麻烦最多，他根本不想做。崔宁生听他们吵一会儿，竟在椅子上迷糊起来。他是被刘宗民那几个吵醒的，办公室里已凉快下来。刘宗民站在他跟前说："崔老师，跑腿的事你怎么也不叫一声呀？"

崔宁生定了定神："我上哪叫？说得好听！"

他们面面相觑，崔宁生眼皮却撑不开了，干脆趴到了桌子上。刘宗民叫声"崔老师"，他晃了晃手指，也不管刘宗民看到没有就又睡着了。

下午仍然浑浑噩噩，庄青的电话吓他一跳，踉踉跄跄冲到屋外才接。庄青支支吾吾问他今天有没有安排，她今晚有空。他连想都没想就说今天很忙，晚上还有应酬，有空再联系。

挂了电话他才回过神来,她这是要投怀送抱呀!他魂不守舍熬到下班,夹在人群中溜出校门。本能告诉他要避开庄红,就像昨晚本能让他去找她一样。

床上通宵纵情的痕迹没有激起他任何回忆或联想,此刻他心里只有隐隐的痛。庄青,那么漂亮、腼腆还专情的女孩,上哪再找?

他在水族箱前坐了很久,天黑了也不开灯,鱼从五彩缤纷变成暗淡的光点,最终完全消失。将近10点他才挣起身子,去"二胖厨艺"要了份三鲜炒饭。二胖炒饭的时候摔摔打打的,"我早就收拾了。"他把这话说了好几遍。

万幸她们没打电话来,第二天也没打,崔宁生当然不会主动打给她们。"就这样结束吧,像什么都没发生过一样。"他对自己说,不过心里很不是味。

院长叫他过去,说设立训导处的事已上报待批,然后开始谈工作安排。他滔滔不绝地说,崔宁生都来不及记录,好容易才有机会问:"院长,那我的工资是多少呢?"院长把眼一斜:"你看你看,工作还没干就说钱!钱会少你的吗?你没担任过职务,院方也要考察一下嘛!招生马上就要开始,你负责哪个片区?"

"给我指定哪个片区都行,"崔宁生立刻回答,"如果让我自己挑,就中南片吧,河南、湖南这些省生源多,是我们最该下功夫的地方。"

院长点头。"那,这回看你的。"

走出来崔宁生忍不住想笑,他料定院长会耍些小儿科的把戏,早想好了怎么应对。现在看来,当训导处主任已是铁板钉钉,那就再陪院长玩几年,等年龄、经验、级别都恰到好处时跳槽,让院长明白到底是谁玩谁。

一肚子的志得意满得找人倾诉，他首先想到了庄青。庄青接电话的口气冷冷的，崔宁生不敢造次，先问她这几天怎么样。

"还能怎样？工作、吃饭、睡觉。"

他说他这两天特别忙，刚忙完，训导处主任终于落实了。

"落实不落实跟我有什么关系？"

他不敢接茬儿。

"还没落实不就把人家抛到脑后了嘛！"她又说。

他松了口气，她是在撒娇。"我要是把你抛在脑后我现在就死，行啦吧？"肉麻话不由自主冒了出来。

"死了才省心！"

他嘿嘿地笑，这时听到了一声啜泣。"庄青，庄青！听我说，我不是怕你为我操心嘛！"

"一点消息没有就不操心啦？"

"庄青，是我不好，是我不好。我给你打几下吧！"

"打死算了。"

"那你来，我做饭给你吃，吃完你有力气打死我。"

她扑哧笑了，但没说话。

他等了一会儿，"你说好不好？"

又过了一会儿她才"嗯"了一声。

拌黄瓜、清蒸鱼、芹菜炒肉丝，做个什么汤呢？他在菜场转了两圈，西红柿蛋汤他常做，但今天好像不够档次。

崔宁生并不擅长做菜，为这前妻没少跟他吵，离婚大战就爆发在餐桌上。"你就不能换个做法？""你不做还这么多挑剔？""你在外头没本事，在家做饭还不应该？""说什么你？"他把饭菜全掀到了地上，"爱吃吃，不吃拉倒！"

"好，崔宁生，我跟你没法过了！"

"离！我早想离了！"

他以为她会哭，但她连哭的意思都没有，拎着包就走了。后来他听人说，女人分手时不哭说明她决心已定，他在心里嘀咕："其实我在买首饰那天就知道过不长。"

那套首饰是他父母买的，几乎花了一整天时间，把两位老人累得脚都在地上拖。他要她将就些，她当街就跟他吵，他第一次意识到婚姻跟爱情，甚至跟性欲都不是一码事。离婚时他净身出户，当时以为还可能复合，就没提首饰的事。一年多后他在路上碰到她。她挺着大肚子，挽着一个男人的手臂，仍戴着那套首饰，却假装没看到他。他最不能忍受的就是她那么快就怀上了，想追上去把首饰要回来，但街上人太多，他怕被人笑话。事后他越想越心疼，那是他父母花的钱，而且当时钱很值钱。

"我怎么这会儿想起这事？"他还是决定做西红柿蛋汤，加点紫菜装点一下。

洗菜、备菜加收拾房间，忙出他一身汗。崔宁生估计冲把澡还来得及，哪知刚在头上打上肥皂电话就响了。"她打车来了？"他冲出卫生间，眯眼一看手机屏幕，差点叫出来，庄红！

他愣着不敢接，庄红又打第二次。她会一直打下去的。他接了，压低嗓子说："我在开会。"

"开会总不能开几天几夜吧？"她嗓门大得吓人，"你是害怕了吧？"

"说什么哪？我现在开会！"

"那你什么时候结束？我等你！"

"今天不行，明天吧。"

"好。说定了。"

挂断电话，崔宁生呆若木鸡。"她想干吗？"后来发觉脚下积了一摊水，这才想起庄青马上要来。"我是在给自己找麻烦呀！"

他在车站见到庄青时天已黑透。"这么远的路，"她说，"还要换车，我几次想打退堂鼓。"

"饿了吧？回去就做饭。"他有种做贼的感觉。

进了家，他关上门就说："你随便坐，我马上好。"

"唔——"

"啊？"

她朝他噘起嘴唇。"哦。"他装出十分急切的样子吻她。她打他一下，"真没良心，那么多天没消息，见了面也不知道先吻一下。"

"我不是怕饿着你吗？"他又吻她，与吻在木头上无异。

做菜的确没花多少时间，但崔宁生心神不定，口味还不如平时的好。好在庄青的心思不在食物上，她不时靠过来让他吻，或贴得很近看他。崔宁生燥热起来，开始动作，庄青颤抖不已，显然没经历过。当她身体开始拧动时，他站起来把她朝里屋拽，不料她奋力挣开了。

"怎么啦？"

"现在不行。不是现在……"她的脸红得像块绸布。

"为什么？"

"第一次就那样，整个味道都变了。"

他一愣，感觉自己在迅速消退。

此后的一切都很乏味。她倚在他身上说些她那个年龄的傻话，他应付得疲惫不堪。吃完饭又坐一会儿，她说要走，他舒了一口气，但还要打车送她。出租车上她一直蜷缩在他怀里，他则庆幸先前在关键时刻刹住了车，否则局面更难收拾。

　　崔宁生头一回见"热风"里有顾客，而且是三个人。庄红看他一眼，继续跟顾客交谈。一夜销魂才过去几天，此刻看着她翕动的嘴唇竟有了陌生感。"我上去打个招呼，就算来过了。"他正这么想着，庄红就让顾客回去再考虑。送顾客出来时，她看他一眼，毫无表情。

　　终于到了他们面对面的时候，他嘿嘿地不知说什么，她就一直看着他，直到他把目光避开。"你连看都不想看我了？"

　　"我不是在看你吗？"

　　"但你像是在遭罪。"

　　"这些天太忙，真对不住。"

　　"这堆肉你尝过了，是吧？"

　　"别这样说……"

　　"你跟我妹妹现在怎样了？"

　　"没怎样啊！她搬走之后就没怎么联系。"

　　"那你干吗躲着我？我又不指望你娶我。"

　　他一愣。

　　"我每天都站在这里朝外看，"她忽然啜泣了，"只想你路过跟我打个招呼。你竟躲了那么多天……"

　　他刚要解释，她抢过话头又说："打个电话能用你多少时间？"

　　崔宁生蔫了。他想换个话题，却怎么都想不起来。

　　还是她先开口了："你在这儿待得难受，那你走吧。"

他还犹豫，她开始抹泪。"走呀你！看到你这副模样站在跟前我想哭！"

出了"热风"，他真想跨上自行车猛蹬，但那样可能会激怒她。他推车走了很远。但愿这就是结局，可那一夜的所有细节，甚至气味在这时都回到他的记忆中。

到家他先发了一会儿愣，后来才发现水族箱底躺着条死鱼，颜色已发白，不知什么时候死的。庄红有次提到鱼瘟，他当时没仔细听，好像是说鱼瘟会使一缸鱼全部死光。他赶紧拿双筷子把死鱼夹出来，连筷子一道扔了。他并不太在乎这些鱼，但鱼全死光似乎有另一种意味，说到底，他有点舍不得。

崔宁生没想到庄红还会给他打电话，而且是在院长找他谈工作的时候。他掐了她又打，他火冒三丈，如果不是在院长办公室他一定要朝她吼几声。他关了机，院长皱着眉问："什么电话这么神秘？"

"推销，"他赶紧说，"推销电话，一天能收到几十个。"

院长打算让崔宁生在高考前把所有招生片区跑一遍，先摸底，制订出有针对性的方案。高考在即，他要崔宁生马上动身。

出了院长办公室，崔宁生想起庄红打电话的事，但这会已过了气头。跟她翻脸会坏事，不冷不热地拖着，她不会撑很久的。他给她打电话，开口就道歉："刚才正忙，对不起，趁现在空，给你打个电话，别误会。"

他听到了啜泣，然后她说她昨天下午态度不好，请他原谅。她昨夜一宿没合眼，今天一定要向他道歉。他很吃惊，不知怎么回答，就说这会儿还没忙完，下班时去看她。

挂了电话他愣了半天。他有过被女人死缠的经历，知道它的厉害，但这不是一码事。"我把持住自己，"他在心里说，"让时间教她冷静。"

订好了晚上的机票，他早早下班，一溜小跑进了"热风"。"累死了，今晚还要出差。"

庄红半天没说话，只是盯着他看，眼神里什么滋味都有。"我今天打电话是想说，"她终于开口，"我不该使小性子，毕竟我们只是朋友。"他赶紧说责任在他，应该及时打个招呼的。他突然想起死鱼，问她怎么办。"啊？"她很紧张，"那我现在就跟你过去看看。"他立刻想起了他俩在屋里的情形。"来不及了，"他说，"我回去收拾了东西就得去赶飞机。"

"那，你有多余的钥匙吗？留一把在这儿，我带人去打理？"

他说回头送来。

把钥匙留给她合不合适呢？他想了一路，没发现有什么不好。

到家后他给庄青打了电话。庄青羡慕得哎呀、哎呀的，他要她趁周末飞来与他聚会。"那我等你的消息哟！"她声调都变了。

崔宁生在"热风"门口换乘公交时，正值高峰段，他把钥匙交给庄红就赶车去了。

北方燥热树又少，崔宁生跑的都是县城和乡镇，每天晒得冒油。庄青起初很想来，听说这情况就犹豫了。女孩都怕晒，除了旅馆崔宁生也没发现她可以待的地方。接下来还有那么多地方要跑，想到这一点崔宁生心里就发毛。县城里的宾馆半夜会有骚扰电话，门缝里也经常塞进些小姐联系方式，他也动心，但不敢。好容易有了个提拔的机会，这当口千万不能出事。起初他每晚跟庄青聊微信，可删除前回看一遍，跟头天的几乎一模一样。一场新的爱情迄今没玩出新花样，这很令他沮丧。

　　他有时也想庄红，但没有她的微信，搜也搜不到。她为什么不用微信？这些天他见过很多胖女人，都没她性感。

　　转了一个多星期，崔宁生向院长汇报说这些地方的学生都愿意去南方上学，他们关心毕业后的就业。院长连声说："怎么样？怎么样？我早说过！"崔宁生刚想要求回去休息几天，院长已开了口："你抓紧把剩下的地方跑完，等你回来研究方案哪。"

　　挂了电话崔宁生朝床上一倒，连跟庄青聊微信的心思都没了。那晚要是有电话打进来，他肯定中招，可他白等了半夜。

　　南方丘陵地区也热，只不过是换成了闷热而已。自打他留意"热风"那两个斜体字后，今年到现在都没凉快过，也不知是不是心理作用。庄青给他来过一次电话，当时车正开在盘山公路上，听也听不清，大概是说公司又忙了，出来跟他见面已不可能。

　　此后的行程他抓得很紧，可还是用了一个多星期。庄青说他们最近每天加班，但她会尽早去看他。下了飞机已是下班高峰，车过"热风"时天色已暗，店里却没亮灯，卷帘门还拉下了。肯定是有人约她，想到她的肉手正被一个男人揉捏，崔宁生心里就不是味。

　　到家一开门他吓一跳，灯开着，家里整洁得像是走错了地方。卫生间传出哗哗的水声，赤身裸体的庄红被他吓得尖叫起来。他们对视一会儿，他忽然开始脱衣，只几秒钟的工夫就和她一起站在了莲蓬头下。

　　他请她出去吃饭，她却先要把地上的水迹拖干净。"我估计你要回来了，"她说，"先过来打扫一下。看起来好多了吧？"

　　他真的感动了，搂着她不放。"我把拖把放好呀！"她说。两人相拥走向门口，门一开，他们都愣住了。

庄青张着嘴瞪着他们，忽然尖叫起来。

直到招生开始，院长都没跟他单独商量过任何事，照面时目光总是越过他看更远的地方。崔宁生心里不踏实，那晚之后就再没跟两姊妹中的任何一个联系过。

招生情况不错，学院增加了系科，崔宁生仍然带班。他想找机会问院长训导处的事却没底气。那天老生为新生打扫教室，院长检查后叫住了崔宁生。

"我没想到你伪装得这么好，我也没想到你是这样的人。"

崔宁生不敢接茬儿。

"我是看在你招生辛苦的分上，否则你都不能再在这上班。好自为之吧。"

崔宁生在办公室里坐了很久。眼下没别的地方可去，这窄小的隔挡看来一时半会儿还告别不了。外面下起了雨，越下越大，在走廊栏杆上砸出一片雾。

"热风"黑灯瞎火的，卷帘门上贴着张字条，"招租"。再看门头上，招牌还在，斜体字拖着几道平行线。

车上两位乘客在议论今年的天气。"这下凉快了。""是的，今年热的时间也太长了。"

崔宁生裤脚管和肩头都是湿的，几个月来第一次感觉到冷。"热风真的吹完了。"他对自己说。

（完）

谁扮红娘

1

张渝生怎么都没想到，几年分居生活结束，自己竟成了妻子的领导。那天在乡下演出完了，他没卸妆就和大家一起把道具朝车上搬，这时场边来了一辆吉普车。文化局领导跳下车就四面八方地喊"张渝生"，然后冲着满脸油彩的他嘿嘿直笑："小张，给你两天时间安排一下工作，准备回家。"张渝生说我上个星期去成都开会时才回过家，领导敛容道："嘿，这次是调你去工作嘛！"

那阵子川剧二团很乱。早先的团长被查送去隔离了；上面派来的临时负责人不懂戏，所以每天只让大家读报。女同志们首先发现读报时可以择菜，男同志们看她们择菜没事，也跟着择。领导去检查工作时，那些男男女女正有说有笑地讨论着菜价，而读报人的声音嗡嗡的像蚊子叫。领导气得脸色铁青，最终决定把既年轻又懂业务的张渝生调来主管工作。当然，领导并不清楚张渝生的妻子崔笑莺就是二团带头择菜的人。

领导在场边拍着张渝生的肩膀说："你！现在是！受命于危难之际！"

"那，"张渝生挤着眼睛说，"我去弄啥子戏吗？"

"你是团长，问你自己嘛！"

第二天掌灯后张渝生赶到家，崔笑莺欣喜若狂，搂着丈夫谈了很多建议和设想。她说我以前都荒废了，今后要认真演好每一场戏，为你，也为我自己。然后她问准备排什么戏，张渝生半天回答不上来，崔笑莺不耐烦地说："管你排什么戏还不都得我上？"说着就把腿朝他小肚子上搁过去。

问题就是排什么戏。样板戏过去了，老戏纷纷登台，省内其他剧团已经找出传统川剧中的著名折子到处唱。现在已经错过了上新戏的最好时机，但张渝生怎么着也得打响自己的第一炮。调回来之前，他所在的地区川剧团正演着《拷红》，那里面没他的戏，可是他在指导排演时读了王实甫的《西厢记》原本，有情节、有人物，实在令人拍案叫绝。

"啥子？你想上《西厢记》？"他又看《西厢记》时被崔笑莺撞上了，她立刻叫道，"那我演哪一个？"张渝生叫她别那么大嗓门，他还没想好。"就是《西厢记》嘛！"她还叫，"我演红娘！"

"你，红娘？"

"咋个不行呢？"

张渝生没说行不行，只是又考虑了两天。从家属变成了团长，比素不相识的团长或本团提拔上来的团长都要困难些。素不相识的团长可以先发号施令把大家镇住，日后再处理人际关系；而本团提拔上来的有群众基础，老面子谁也磨不开。家属则不一样，张渝生以前每次回来逢人就赔笑脸，现在立刻把脸拉下就有点说不过去。他最终还是以家属的姿态宣布排《西厢记》的，他说："我的意思是角色就先莫忙着定，哪个想演哪个，自己先准备一下，试装的时候大家评，公平竞争，大家看好不好吗？"

大院里立刻响起一片"咿——咿，呀——呀"声。荒废了这么些年，谁不想抓住这个机会呢？

张渝生躲在办公室里一招一式地琢磨张君瑞的角色。他得和大家一样接受评议，而且这是他在团里的第一次亮相，所以排练中的露面比正式上场还重要。崔笑莺则在家里练红娘，到晚上就逼着张渝生说像不像。张渝生看着她娇羞万状的样子说："红娘是丫鬟，劳动人民的孩子，没什么涵养！"崔笑莺把绢头一摔说："就晓得说不像，不像，你得帮我改进噻！我不演红娘哪个演吗？"

一句话把张渝生问住了。他的直觉是崔笑莺不适合演红娘，但全团人员年龄都偏大，与红娘年龄接近的只有一人——谢小菲，而谢小菲恰恰是崔笑莺的对头。以前排《智取威虎山》，崔笑莺先接下小常宝这个角色，最后彩排时一位领导同志说："这个'小常宝'好像娇气了些，我给你们找个人来演。"谢小菲就来了。后来大家知道了她是那位领导的侄女，只有中学文艺宣传队的功底。不过谢小菲敢演，她的"小常宝"一摘下皮帽就把辫子咬在嘴里，胸脯剧烈起伏，泪水在眼眶里打转。老同志们纷纷颔首赞许时，崔笑莺却一甩手走了。谢小菲绝不是省油的灯，所以后来即使是在所有样板戏同时上演的时候，崔笑莺也只得到过《红灯记》里李奶奶家邻居的角色——关键时刻从炕洞里钻过来的那个。张渝生追了她好几年，就是在那时候她含泪同意的。

"我在问你话！"崔笑莺又说。

"我看你演崔莺莺倒更合适些……"

"那哪个演红娘？"

张渝生不回答。

"你想让她演？"

张渝生赶紧说我们要演的不是《拷红》而是全本《西厢记》，在全本《西厢记》中红娘只是个配角。"人家咋个都说红娘是灵魂呢？"崔笑莺摊开手说，"而且以后还可以演折子戏。"张渝生只好把王实甫的《西厢记》塞给她："哪个戏多，你自己看嘛！"

崔笑莺一看倒看出问题来了。她拍着桌子说红娘和张生互相都有意思，我绝不能让你和她眉来眼去！尤其是她！

张渝生目瞪口呆，半晌说不出话。

2

果然，谢小菲也要演红娘。试妆的那天都是她和崔笑莺的风头。她们换上红娘的行头在台上走来走去，眼睛里充满不屑。试妆结束，大家才发现居然没有人要演崔莺莺。同志们都看出了问题所在：谢小菲的功底不可能演崔莺莺，而崔笑莺如今咸鱼翻身，非跟她争这个红娘不可。大家对其他角色畅所欲言，就是不提红娘的事。张渝生让崔笑莺和谢小菲回避一下，大家都听到了她们紧闭的嘴唇下发出的"哼""哼"声。

"团长，笑莺该演崔莺莺嚜，气质也更像些！"周人奎终于说。

他是唱生角的，算起来也是个前辈，张渝生原先担心他要演张生，可他只提出演老和尚法本。张渝生立刻觉得他是个值得信赖的同志。

大家异口同声地说："哦，那才对头嘛！"

张渝生回家对崔笑莺说："并不是我反对你演红娘，但你演崔莺莺是集体评议的结果。"崔笑莺说："你是团长，该由你说了算。"张渝生说她真的很不懂事，她就哭着朝他喊："你晓得我这些年是咋个熬过来的？我不懂事？你刚当上团长就这种话！你、你不如不回来！不要回来！！"

那正是同志们三三两两往家走的时候，张渝生估计大家都听到了她的叫声。血一下子涌上他的太阳穴，他也叫："我不想回来！我这么多年都没有真正想回来！我现在就后悔了！"

整个大院寂静得令人害怕，崔笑莺的哭叫声如炸雷响起："我晓得你咋个想的……你走！你走！！"

第二天早上，张渝生离家的时候崔笑莺还没起来。他面色铁青来到办公室，考虑由谁来演崔莺莺。同事们都来得很早，从他半敞着的门口经过时小心翼翼地匆匆一瞥。

"真没想到上任后第一个开刀的竟是自己的老婆。"他这样想着朝剧场后台走。谢小菲正和几个同事凑在一起咯咯地笑，见张渝生过来赶紧止住。"团长。"她叫一声，然后就什么都不说，只是看着他，目光既害羞又有点灼人。这时有人咳嗽了一下，谢小菲立刻敛起笑容。是崔笑莺来了。她眼皮还肿着，但目光如剑，令人胆寒。

张渝生愣了一下，忽然大声叫道："马上开始排练！"他听见自己的嗓音变了调。

最初几天排戏，张渝生煎熬在一冷一热的两种目光中：张生在花园遇到莺莺和红娘，红娘拼命挡住莺莺，对张生态度蛮横，但眼睛里却充满笑意；崔莺莺羞怯地躲到树后，忍不住回头再看一眼张生，目光中却尽是仇恨和鄙夷。当崔莺莺和红娘两人在一道时，崔莺莺态度冷漠，爱理不理的；红娘则动作幅度很大并充满力度，完全没有丫鬟的模样。

几天下来，张渝生憋不住了。他终于在吃晚饭时说："我说，大家一起排戏，你要注意对同事的态度。"崔笑莺握着筷子半天没动，张渝生以为她又要大喊大叫，她却幽幽地说："她对我那样……你看不到？你不要太逼我……"抬头时她已泪流满面，张渝生没敢再说下去。第二天再排戏，他发觉谢小菲的动作更过头了，他把她叫到一边说："其实，演戏就是演戏，我们不该把个人情绪带到戏中来。"谢小菲说："团长，您这是什么意思？"张渝生解释说："可能有些工作是我没做好，大家的思想疙瘩还没解开，但小谢你知道我让你演红娘也是有压力的，再说你们以前的矛盾和我没关系。不要再闹情绪了！一个演员一生能碰上几次好戏呢？"

谢小菲显得有些惊讶，过了一会儿才说："哎呀，团长，你这是咋个说的嘛！我得到了我想演的角色，高兴还来不及，哪来的情绪噻？"

"不过小谢，"张渝生犹豫着说，"你的表演好像有些问题……"

"什么问题？团长你帮助我嘛！"谢小菲说。看着她的大眼睛忽闪忽闪的，张渝生明白了崔笑莺的担心不是空穴来风。他支吾地说："我说不好，我想……还是听听大家的。"谢小菲这才意识到情况的严重，独自在台上时她格外卖力，但几个动作下来，就有人哧哧地笑："这还是小常宝嘛！"一句话把大家都逗笑了。崔笑莺笑得特别响，这是她这么多天来第一次笑。她站起来，向全体同志抛了个媚眼，然后矜持地走了。满脸通红的谢小菲站在那里把手指头绞来绞去。

看来问题是谢小菲中学宣传队的功底加上前几年样板戏的训练，形成了动作幅度大、力度大的习惯，怎么看都像是充满了仇恨。张渝生干咳了几声，然后问周人奎："周老师，你说说看？"

周人奎挠头了。"我看，除非能请杨少娥来指导一下，否则，再排下去也……"

"杨少娥？！"大家面面相觑，这才想起团里还有这么一个人。

3

杨少娥不住在大院里，所以大家难得见到她。其实她离退休还早，但自从她丈夫在"文革"中自杀后，她就没上过班，现在连工资都是别人带。她在学艺时就与演艺和生活作风同样大名鼎鼎的李盛荣过从甚密，据说还被人看见两人很晚的时候在街边吃担担面。领导怕出事，把她派到了二团，但李盛荣后来还是离了婚，跟她结婚了。前任团领导曾去找她上班，她说："我是去读报还是听人读报？报纸我屋头有！"现在大家只是在回忆剧团往日辉煌时让她在语言中存在片刻，就像说一个过世的人一样。

张渝生学艺时见过杨少娥一次，那是省内会演，他们等待上场，如坐针毡。忽然大家都朝一个方向看，他扭头，只见一个青年女子风姿绰约地绷紧了所有人的目光，他还在问那是谁，那女子蓦然回首，美得令他目眩，以至于他后来竟想不起她到底长什么样。周人奎下午带他到公园去找杨少娥，几个中年妇女围着石桌大呼小叫地打牌，周人奎指了指，快步朝那边走。张渝生一愣，追着周人奎说："最瘦的那个？好像变了嘛。"

"哪里哟，"周人奎说，"脸上贴条子的那个！"

张渝生吓了一跳：杨少娥胖得失了形，两边面颊上都是纸条，嗓门很响。张渝生疑惑地再看周人奎，周人奎却叫开了："杨老师，好安逸哟！"

"安逸啥子啊？输惨喽！"杨少娥赶紧再看牌，"啥子？咋个过了呢？我还没出嘛！"

阳光透过枝丫斑驳地洒在她身上，小竹椅在她身下痛苦地挣扎。无论如何，这绝不是红娘的形象。

她又输了，胡乱又往脸上贴了张纸条，把小竹椅一拉，给别人腾出地方。"咋个输了嘛，杨老师？"周人奎说，"这是小张，新来的团长。"

"团长？"杨少娥立刻警觉起来。

张渝生赶紧说："杨老师，团里在排《西厢记》，红娘有点问题……"

"《西厢记》？"杨少娥眼睛一亮，"让我演红娘？"

张渝生尴尬了一下。"杨老师，红娘有人演了，就是想请你指导一下。"

杨少娥一惊："哪个演的？"

"谢小菲。"周人奎说，"年轻的，你不一定记得到了。"

她的眼睛渐渐地黯淡下去。"杨老师，"张渝生凑上去说，"我们想麻烦你……"

杨少娥避开他的目光。"我废人一个，还有什么用？哎，哪个输了？又该我了嘛！"她又恢复了公园里打牌的中年妇女模样。

张渝生还想凑上去再和她说，周人奎却拉住了他。杨少娥回到牌桌上，但不那么大呼小叫的了，抓牌的手还翘出了兰花指。在他们离开时她只和周人奎点了点头。走出很远周人奎说："有一阵子她到处找领导要给她丈夫平反，但他们都说他是自杀，咋个平反呢？大概他们对她说了些啥子，她后来见了当领导的就这个样子。也许，今天你不来还好些……"

张渝生犹豫着说："你没看到她听到《西厢记》后眼睛亮了一下？"

"啥子？"

"她对红娘这个角色是有感情的！"

"有感情？"周人奎朝他瞪了好一会儿，"哦，当然有感情，一辈子就演好了一个角色……唉，那有啥子吗？"

张渝生支吾了半天也没说出所以然来。

吃晚饭的时候，崔笑莺平静地说："你现在不用考虑我们是夫妻的事实，可是第一，她已经被实践证明不行了；第二，就算她演红娘当初是集体评议的，可今天是又一次集体评议。现在我要求演红娘，实践检验和集体评议我都接受，如果不行我就一辈子在剧团跑龙套打杂，我愿意！"

她的这种口气令张渝生不知所措。"那，哪个演崔莺莺？"他半天才说。

"那哪个演红娘？"她反问，"你去请过杨少娥了，又怎么样？"张渝生无法回答，只好埋头扒饭。崔笑莺却放下筷子。"拖是拖不过去的，你不改正错误我就不演了！"

他瞠目结舌。

"你没注意我这些天没太吃东西？"她又说，"跟她在一道排戏我反胃！"他忽然发现她竟是如此陌生，就像从来没见过一样。

他朝外走时，崔笑莺又说话了："两天时间，够不够？从明天开始，我就不演了。等你答复！"她的目光无比坚定，眨都不眨。

张渝生自己也不知怎么地就转到了文化局领导的楼下。天已黑透，家家户户飘出刷锅洗碗声。领导家的窗子比别人家的亮，隐约还能听到领导在高谈阔论。张渝生在楼下踱来踱去：怎么汇报眼下的问题？不管怎么讲这都有点刚调回来就撂挑子的嫌疑，而且，今后自己怎么办？

"……闪怨女外旷夫窥视已久，怎怪他咏淑女君子好逑……"忽然传来几句唱，张渝生一惊，正想再听，一阵突如其来的水声盖过了后面的唱词。

这是红娘的唱段！字正腔圆还透着股俏皮劲！水声很近，红娘的唱腔在水声中飘忽不定，但肯定就出自身边的这个楼道。张渝生摸进楼道，没走几步他就撞上了，一伸手，摸到张旧藤椅。手上立刻粘上厚厚的灰。

这时一声"夫人哪"盖过了一切，水声也戛然而止，"红娘"又接着唱了起来：

> 张相公本是个文章魁首，
> 我小姐也算得仕女领头。
> 他二人寄书束唱和时有，
> 小红娘奉差遣代把书投。
> 那夜晚约莫在三更时候，
> 我小姐情悄悄地携着红娘同下绣楼……

就是这家！张渝生觑准了门扇下微弱的光亮，正要走上去敲门，脚下却被绊了一下，一样东西被踢到门上。他蹲下，摸到一个破搪瓷脸盆，扑面而来的垃圾味令人作呕。

门框上的灯猛地一亮，张渝生还没反应过来，门就被拉开了一半。杨少娥惊愕地俯视着他。她袖子挽得高高的，手里还抓着抹布。

张渝生也目瞪口呆，过了一会儿才发觉自己是蹲在一堆垃圾上。"杨老师，"他终于站直了，"是……你在唱？"

她不回答，继续瞪着他，再看地上的垃圾。

"我，我来扫，杨老师，你家笤帚在哪儿？"

"我自己扫，你走嘛。"她半天才说，好像连嘴巴都没动。

张渝生想摆出一个笑容但脸上的肌肉紧得拉也拉不动。"杨老师，我是来找你的！"见她愣着不说话，他又说，"你先忙你的，我等着。"

门，在他几乎完全绝望的时候开大了一点。张渝生朝里走的时候，两人都在回避对方的目光。

她没请他坐。他脸红了一会儿，硬着头皮说："杨老师，我听到你唱的，我从来没听过这么好的红娘！"杨少娥说："唱得好有什么用？红娘不仅靠唱，尤其是全本的《西厢记》，更不是唱几句的问题。这个角色很复杂，年轻演员把握不好，上了年纪的演不了。"张渝生抢过来说："所以我要来请你嘛，用你的经验去指导年轻的。"杨少娥说："我还能指导哪个？我现在是啥样子你不是看不到。"张渝生说："杨老师你哪怕不教，就是坐在旁边我们心里也踏实些。"他们就站在门后把这几句话说了无数遍，杨少娥连手上的抹布都没时间去放。"你演哪一个？"后来她问。

"我演张生。"

"你这个劲头倒真适合演张生！"

张渝生一愣，觍着脸说："杨老师，你夸我了！其实你才是最适合演红娘的人！"

杨少娥猛地抬头，怔怔地张着嘴。

杨少娥的女儿在这时回来，进门就跺脚，"哪个又把垃圾踢翻……"话没说完她就看到了张渝生，上上下下地打量他。杨少娥尴尬地介绍，女儿一句话都没说就进了房间。张渝生只好抓着门把说："杨老师，戏要是排不出来，二团怕是不得行了。"他一脚高一脚低地摸出了漆黑的楼道，杨少娥的眼神一直在他眼前晃，但他实在琢磨不出那到底意味着什么。

崔笑莺已经上了床，神情严肃地斜靠在被窝里。"你咋个想的？我在等你的答复。"

张渝生气不打一处来，说："我请求回下面去！"

"啥子？"崔笑莺一下子坐直了。

他不理她，往床上一倒，长长地叹了一口气。内外交困，真的没辙了。

4

大概是张渝生头天的话起了作用，第二天崔笑莺没敢撂挑子，只是板着脸，对所有人横眉冷对，戏于是在不知不觉中排成了这样：

张生向方丈借房，正遇红娘奉老夫人之命来问何时与老相公做好事。张生的眼睛就直勾勾了，一个劲朝上凑。红娘白了他一眼（今天她不再风情万种），张生赶紧与老和尚作揖道别，一步三回头地走到假山后。红娘出来，张生上前施礼，口口声声"红娘姐姐"。红娘避之不急，厌恶地舞动胳膊。

"不对，不对！"突然有人大叫。大家扭头，顿时目瞪口呆。杨少娥径直从后面走到台边，气喘吁吁地冲谢小菲大声说："红娘不是那样的！她是下人，是有些势利，但对张生不会那样！"

谢小菲莫名其妙地看看其他人，张渝生半天才笑出声来："嘿嘿，嘿嘿，杨老师……"只有崔笑莺反应最快，大呼小叫地跑过来："哎呀，杨老师，你来了嚜！坐嘛，坐嘛，你再不来就不得行了。这下好了，你指导嘛。哎，给杨老师泡茶嚜！"她一下子和杨少娥这么热乎，令所有人不知所措。杨少娥直说在家喝过了，但崔笑莺坚持给她泡上。"等会儿再喝嘛，杨老师。"说着她就占据了最靠杨少娥的位置。大家都围上去问长问短，只有谢小菲站在外围，想搭话都插不上嘴。

接下来他们把张生和红娘在假山旁边相遇的戏练了好几遍，每次没念几句杨少娥就叫不对，不是手势就是眼神，语调也纠正了好几次。谢小菲的脸渐渐拉长了，可崔笑莺却越发来劲，捧着茶杯紧跟杨少娥："是的，是的，杨老师，你喝了茶再说。"谢小菲忽然挤出僵硬的笑说："杨老师，你说的我理解不了，你给我示范一下嘛！"

全场顿时一片寂静，大家都看着杨少娥。她的脸一阵红一阵白，看着张渝生欲言又止，崔笑莺抢着说："杨老师，你就随便露两下，我们都学一些！"

杨少娥木木地朝台上走，嘴巴里似乎在嘟囔着什么，然后她站在那里，紧张地瞪着张渝生。

张渝生猛然意识到轮到自己了，于是踱步、抖袖、搓手，他还在想下面动作与台词，杨少娥就向他飘来。

张渝生赶紧上前施礼：敢问来人可是相国府崔莺莺小姐面前的红娘姐姐？

红娘还礼道：正是。不知先生有何见教？（透过翘在脸侧的兰花指瞄了他一眼）

张生：小生姓张，名珙，字君瑞，本贯西洛人也，年方二十三岁，正月十七子时生，未曾婚娶……

红娘绷住笑道：哪个问你来的？（眼睛朝上一翻，做了个大大的白眼）

张生稍一尴尬，觍着脸又问：敢问红娘姐姐，小姐常出来否？

红娘嗔道：先生是读书人，岂不闻"男女授受不亲"？老夫人治家甚严，我告诉老夫人，着人将你打了出去！（兰花指向张生伸出去，半途中赶紧收回）

张生大惊道：红娘姐姐，红娘姐姐，小生对崔小姐心存仰慕，见姐姐好生面善，故斗胆探问，绝无恶意。姐姐何故动怒，且欲报于老夫人？哎呀呀，怎生是好？怎生是好呀？

红娘偷偷回头一看，掩嘴笑了。（做出兰花指的手背贴在脸上）

张生立刻上前作揖：红娘姐姐垂怜则个，小生一时性急，失了礼数……

红娘躲闪，张生口称"姐姐"，绕着红娘作揖。红娘两手从这边换到那边，眼睛里尽是俏皮和得意，将身体扭来扭去。

忽然一阵笑声响起，只见谢小菲浑身颤抖地背过身去。杨少娥愣在那里，其他人迅速避开目光。

崔笑莺叫道："张渝生，你当团长的还管不管事吗？还笑，太不像话了！"

谢小菲立刻转过身来。"啥子？我笑我的，你操啥子闲心吗？"

"现在是排戏！"崔笑莺毫不相让，"你不跟着学，还有心思笑？！杨老师是做啥子请来的，你晓不晓得？"

谢小菲冷笑一下。"我咋个不晓得？我还晓得你的心思！这屋头的人都晓得！"

崔笑莺也冷笑一下。"反正杨老师到这儿来不是教我演崔莺莺的！"

谢小菲再冷笑："哦，她来是教我的！我看到的，这儿的人都看到的，恐怕她的动作我学不到！"

"莫说了！"张渝生大声喝道，"小谢！你这是弄啥子吗？"

"团长，"谢小菲带着哭腔说，"我想演好这个角色，大家提意见，帮我改进，我都接受。这些日子有人对我横挑鼻子竖挑眼的，我一直忍着，你是看到的！刚才我是笑了一下，你还没说话，你婆娘倒跳出来指手画脚，哪个是团长呢？我看这个团是容不下我了！好嘛，名角也请来了，为一个小小的红娘，我犯不着遭这个罪！我不演了！要不要我和你一道到上头去说清楚？"

"小谢，可能她说话在方式方法上存在问题，可是你笑无论如何是不对的！你看杨老师教得好累哟。"

"是的，我看着也累！我的红娘演不到那个样！我没有那个身段！"

张渝生一惊，赶紧回头，杨少娥已经无影无踪；再扭头，谢小菲正高视阔步地走进阳光，披肩长发如瀑布般地抖动。

剧场里一片寂静。许久，张渝生听到了像蚊子叫一样的哼哼。大家都回头看，只见崔笑莺捧杯端坐。见大家在看，她不经意地把目光投向远方。这回大家都听清了，她哼的是《军港之夜》。

门敲了半天才开了一条缝，杨少娥的脸迅速闪到门后，张渝生感觉到了她关门的力量。"杨老师，太对不起你了！"他说，可更像是在叫。这时楼道里响起了脚步声，杨少娥下意识地闪开一条路，转瞬之间张渝生就在背后把门推上了。

她红着脸垂下眼睛，而他一时也不知说什么。脚步从门外经过，他们都听到了对方的呼吸。

"我的确不该去的……"她终于幽幽地说。

"杨老师，都怪我，谢小菲她太……"

"见笑了，小张。"

"杨老师，你莫要那么说！还是你演得好哟！我刚才都觉得自己就是张生了，这是从来没有过的！虽然……"

"我做错了的！"

张渝生半天才说："啥子？"

"张生围着红娘作揖，红娘想躲。她的手护着脸，同时，手臂还要遮在胸口，可是……应该是这样的，我这样了。"

张渝生一个劲地眨眼。"可是，杨老师，这个……有啥子吗？"

"红娘是那个年龄的少女，又是大户大家的丫鬟，她咋个像个老太婆一样对着张生？"

张渝生笑了。"杨老师，哪个看那个嘛！"

"可是红娘的态度就没找对。"

"态度？"

"红娘对张生的态度。红娘对张生的好感是渐渐发展起来的，这是他们的第二次见面，她不能一下就那样。"

张渝生差点叫出来。上次崔笑莺说红娘和张生有意思他还不以为然，以为那只是王实甫在剧本中添加的笑料，没想到杨少娥在表演中考虑到了红娘每一步的情感变化！他更惊讶地发现杨少娥在自己注视下面颊绯红！

"……亲密了不好，生硬了也不好，"她看着别处说，"我学戏的时候老是不到位，可今天……又过头了。难怪那个娃儿……"

"她算什么嘛！我不叫她再演了！"张渝生脱口而出。

"啥子？"杨少娥猛地抬头，"她，不演了？"

"嗯！"

杨少娥瞪大了眼，半天说不出话。

"杨老师？"

"啥子？我不得行！"杨少娥的手遮在脸的一侧，肘部掩住胸口。他一怔，这不正是年轻俏丽的红娘的动作吗？他猛地凑上去低声说："你，就是红娘！"

杨少娥像被电击了一下似的猛地转身，面色惨白，神情恍惚。

"杨老师，你听我说……"

杨少娥一直瞪着的眼睛这时挤了挤，最令张渝生惊讶的是她什么都没说就为他开了门。张渝生莫名其妙地走进幽暗的楼道，再想回去但门已关上。他站在那里愣了好一会儿，对刚才两人都有点莫名其妙的行为大惑不解，走出楼道时他头脑里依然混沌一片。"可是，"张渝生忽然想到，"她与红娘的确相去甚远呀！"他回身，只见杨少娥的身影迅速从窗口消失。

5

全团的人连续两天无所事事，大家一声不吭地坐在靠近舞台的地方，只有当张渝生的脚步声远去时，崔笑莺才笑容可掬地招呼大家喝茶。周人奎等老同志甚至注意到她的动作带上了杨少娥的味道。看来事情在朝她设定的方向发展，大家更不说话，加紧喝茶，然后依次朝厕所跑。

张渝生坐不住，里里外外不停地走，直到周人奎忧心忡忡地拦住他。"小张，你转来转去，头都给你转晕了！咋个办你得说噻！"

"我说？"张渝生一愣，"说啥子？我咋个说？"他的手一直甩到了空中。大家都在朝这边看。周人奎压低声音："谢小菲那边……"

"啥子？！"

"你轻点！她叔叔……"周人奎赶紧回头打量。

门只敲了一下就开了。谢小菲劈头就说："张团长，我晓得你是一定要来的！有一点我始终搞不懂，你一表人才，咋个会讨那样一个婆娘？你坐嘛，来点咖啡？"她穿过沙发、茶几朝厨房走去。这房子比他住的大很多。"平心而论，你张团长对我是够意思的！我在我叔叔面前还说了你好话的，你可以去问嘛！"她把一杯黑乎乎的东西放在他面前，自己也挨着他坐下。"张团长，我叔叔批评我了的，说我的做法不利于团结。其实我的脾气你是晓得的噻！你大人不记小人过，来，你喝！"

杯子被送到他嘴边，香水掺杂着烧焦的味道使张渝生连眼睛都不敢抬。咖啡简直比中药还难喝。"这是我叔叔托人从香港带来的，叫啥子'雀巢'咖啡！"谢小菲凑得很近，"咋个样？再搁点糖？"她的手放在了他胳膊上。张渝生一抬眼，她的睫毛就在眼前忽闪，而且还弯弯地朝上翘。"小谢，"他赶紧看着杯子，"你该理解团里的难处……"

"我咋个不理解哟！团里能演红娘的就我一个，是不是吗？"

张渝生只好点头。

"红娘我是要演的，而且，和你搭戏的感觉就是好，你感觉到没？”

张渝生一愣，难道她也感觉出红娘与张生的那种意思？

“哎呀！这样的戏就是演着玩的，又不是啥子宣传任务！”她又说，“大家都平常心一些，玩玩就算了。哪有像你婆娘那样的？她不是没有角色，说起来她的角色比我的还大！你当团长，她的尾巴倒翘到天上去了，真是！团长，她太厉害喽！要是再有矛盾你说咋个办？”

“咋个办？”

“就……让其他人演崔莺莺。”

“啥子？”

她的睫毛不再忽闪，目光却灼灼逼人。“团长，你要是答应，我就去演。”

张渝生目瞪口呆，都不知自己嘟哝了点啥。

“你坐下来喝嘛！”

他这才发觉自己已经站了起来。“我……喝不惯，喝不惯。”

“哎，张团长，你就在这儿吃饭嘛！要不要把我叔叔叫来？”

“不吃了，不吃了。”

“哎，你还没说咋个说嘛！”

张渝生赶紧拉开门。“再考虑，再考虑……”

“我等你回话啊！”她在楼梯上叫。他连头都不回。她别说没有杨少娥的感觉，连崔笑莺的感觉也没有呀！

张渝生走到自家门口才意识到谢小菲的叔叔的问题。他站在那里愣了好一会儿。

崔笑莺在厨房忙，张渝生虎着脸朝里走。“我把辣子给你搁面条里头还是你自己搁？”她说。

"我现在不吃。"他头都没回。

"饭你还得吃噻！"

他回身，只见崔笑莺正含笑看着自己，而且是一种异样的笑。几天来他第一次注意到这是杨少娥式的笑。他咽了口唾沫，说："是你把事情搞到这一步的！"

"你这个人一点原则性都没有，我那是和坏人坏事做斗争！"她没恼，依然憋着笑容，"那你就自己搁辣子？"她转身向锅台那边飘去。连杨少娥的步态也用上了？张渝生目瞪口呆。

"你的。"崔笑莺放下碗说，"我和不良现象做斗争，咋个就不对了呢？看你这几天慌成那个样子，天垮不下来！"

"天是垮不下来，可是戏要垮！"

"戏照演不误！他叔叔现在只是个挂名的副职，你怕啥子？有人演红娘！"她语气坚定，眼睛却努力朝上翻。

他一下子没了胃口。"你根本不合适演红娘！"

"你看着吧。到时候你就晓得我合不合适了！哎，你少搁点辣子！"

张渝生这才发现面条已经完全被辣油覆盖，他气恼地又加了两勺。

下午一上班，周人奎就凑上来问："行了？""莫说她了！她的条件我办不到，而且我们演的不是《威虎山》！"周人奎挤了挤眼睛，小心翼翼地说："那你想让谁扮红娘呢？笑莺？"

"那谁演崔莺莺？"张渝生大叫，"你？还是我？"

周人奎瞠目结舌。

老远地就听到了妇女们打牌时的叫声。张渝生在贴满纸条的女人脸中间站住，转了几圈也没发现她。身边的这桌又战完一局，其中一个大大咧咧地蘸着口水朝脸上贴纸条，张渝生认出她上次是和杨少娥一道的。"请问杨老师在哪里？"

"杨少娥啊？她几天没来了。哎，头回是你找她的嘛！"她们一起打量他，互相交换意味深长的目光，还朝他飞眼。张渝生脸上发烫，转身就走，身后却响起了中年妇女哧哧的笑。"中年女人，"张渝生摇头，"实在无聊得很，什么都朝爱情上牵！"

"爱情？"他在公园门口忽然站住，"我怎么会想到爱情？"然后他意识到杨少娥臃肿而激动的样子其实这几天一直在他脑海里转。

门一开他们都愣住了。杨少娥瘦了一圈。她穿得很少，前胸和腋窝附近已经湿透，腰上还扎着练功带。"杨老师，你……这是？"她想关门，但他一使劲挤了进去。杨少娥慌忙转身，衣服全粘在背上。张渝生立刻被包围在由护肤品和汗混合而成的气息里。"杨老师，我在等你……"他没说完就停住，环视堆在墙边的桌椅板凳，又看见屋子当间的地上还留着汗滴。"你在练……"

"我在屋头随便耍的！"她不回身，圆圆的肩膀在张渝生眼前起伏。这时他看到了搁在窗台上的书。王实甫的《西厢记》和剧团演出脚本《西厢记》。

"红娘！你在练红娘！"他大叫。

"我真的不想再演了！"

"你是想演的！那么些年你咋个不在屋头耍呢？"

"……你不晓得……你不理解！"

"我理解！我晓得！"

她猛地转过身来。"你理解啥子？"

他发现她眼睛里噙着泪。"杨老师？"

她不说话，侧过身体，肩膀开始抽搐。张渝生探过头去。她乳房的形状清晰无比。"我理解！我的感受和你一样的！"话自己从他嘴里冒出来，而且很响。

"咋个会一样的呢？不会！不会！！"她几乎是叫。

"是的杨老师！听了你那天的话，我才明白你怎么会把红娘演得那么好的，难怪这两天我头脑里尽是你！"

她转身瞪着他。

"你……你演红娘的样子……"他怔怔地说。

她呼吸紧促，胸脯起伏，一下子遮住脸。"张生，不要……"

她管他叫"张生"！张渝生愣了一下，一把拉住她的胳膊："你是想演的！而且你就在角色中！不要再否认了，杨老师，我只想和你排戏！"

"你……真的觉得我还能……"

"你行！你……"忽然，他们不约而同地避开了对方的目光。张渝生赶紧把手拿开。手上湿漉漉的，不知是谁的汗。这时他发现她想说什么，却始终憋在喉咙里说不出来。终于，她用力点了点头。

6

见到杨少娥，大家都吃了一惊。她头发盘在脑后，穿着宽松的对襟上装，虽然丰满却也亭亭玉立。她站在那里不知该朝哪儿看。又是崔笑莺第一个叫了出来："杨老师，这下好了！你教我演红娘嘛！"张渝生厉声喝道："崔笑莺，哪个是团长？杨老师是我请来演红娘的！"

大家一愣，然后一声不响地朝自己的位置走去。崔笑莺忽然咯咯地笑了："好嘛，好嘛，这下我们就齐心协力把戏演好！其实杨老师，你亲自演好累哟！"杨少娥边点头边朝台上走。崔笑莺跟在她身后又说："排戏的时候我会看着的，趁年轻多学点，没坏处嗫！你说对不对嘛，杨老师？"

"锣鼓！"张渝生大叫。刹那间鼓乐齐鸣，杨少娥似乎一惊，怔怔地看着摆好造型的张渝生，忽然侧过身去，慌张地拢了拢头发，翘着兰花指的手就此留在腮边。好一个大户人家丫鬟的姿态！张渝生心头一热，唱词从胸中喷薄而出：

"游历中原，脚跟无线。才高难入俗人机，时乖不遂男儿愿。望眼连天……"嗓音洪亮得令他自己振奋。

到底是杨少娥！除了体形之外，她的一招一式恰到好处，连一些小动作，像跨门槛、走楼梯、耍手绢什么的，都居然引得同事们喝彩。和张渝生配戏的时候，她的眼神总是在躲避中流盼，在斥责里传情。张渝生刚一察觉，那目光就跳到了另一边，如同蝴蝶在花丛中忽闪，他真想用网子扑住看个仔细。

刚开始崔笑莺还偷空跟着杨少娥比画了几下，但杨少娥动作很快而且连续出彩，崔笑莺渐渐跟不上了，而杨少娥根本没有传授的意思，不上场的时候她在台边踱来踱去，看上去急切甚至焦躁。

从来没有过戏在一天之间进展得这么顺，直到下班时张渝生才觉得累了。崔笑莺正在保温桶旁倒水，张渝生等着她递杯子过来，她却径自走开，还用眼角白了他一下。他这才感觉今天崔笑莺简直就是个跑龙套的。这时周人奎叫道："杨老师，歇一下再走嘛，你路远！"只见杨少娥依然是舞台的身段飘然而去。张渝生忽然生出一种牵肠挂肚的感觉，既熟悉又很陌生，在胸腔里奔突。再看崔笑莺，她端着杯子，一手叉腰，嘴唇咬得紧紧地。"其实她离崔莺莺也还有一大段距离！"他想。

张渝生独自又坐了一会儿，猜测崔笑莺又将怎么折腾、自己该如何回应。但他没法思考，杨少娥的眼神漫天飞舞，空荡荡的剧场里全是。起身回家时他打定主意：捍卫这种发自内心的躁动不安。

崔笑莺从厨房灶台边斜视着他，一言不发。"怎么啦？"他绷住脸问。她说："怎么啦？你没觉得有问题？""什么问题？"他的脸有点发热。

"我说，老妈子怎么演红娘？比她年轻，身材好的，还是有的嘛！"

他松了一口气，随即高声说："你的戏怎么就那么难配？你是演大小姐而不是真的大小姐！位子要摆正！""啥子大小姐啊？带着那样的丫鬟最多就是地主的女儿！"她说着把菜狠狠地摔进锅里。他冷笑一声："谢小菲像相国府的丫鬟，对不对？可你容不下她！崔笑莺我跟你说，我的办法已经想尽了！再不行只有你让位！我找其他人来演！第一次担任主要角色你就搅成这样，以后我工作怎么开展？"

"还是的嘛！我是主要角色！"崔笑莺用锅铲敲着锅底，"可是一天下来她的戏硬是比我的多！"

"多不多是演出来的！剧本上还是你的比她的多嘛！"

崔笑莺瘪了，几次想说什么，终于被他叉腰的样子镇住。

那晚的菜咸得像盐一样。

崔笑莺开始争夺戏份了。她不停地飞眼、扭动腰肢，还把声音拖得长长的。在《闹道场》一出中她疯疯癫癫，完全没有相国府小姐的样；而《听琴》时和张生一见面就挤眉弄眼，整个就是兜揽生意的风尘女子，看得台下的同事们都捂着嘴笑。和崔笑莺的张狂相对照，杨少娥则沉默了许多。不上场的时候她不踱步了，而是捧着胳膊肘出神，而且，张渝生发现她在表演的时候居然显得有些小心翼翼，和最初的情形大不一样。

张渝生憋了几天，终于和崔笑莺说表演分寸的事。她愣了一会儿才回过神来："我向杨老师讨教过的！她说要把握人物的感觉！你想嘛，崔莺莺正在那个年龄，又没和男性有过接触，张生的年轻风流还不一下子就让她昏了头？这是初恋的感觉！"张渝生说："可是她是相国府的小姐呀！""相国府的小姐咋样？你看杂志上说的外国皇室都那样，都是人嘛！"然后她搭住他肩膀，"你说，跟这样情窦初开的女娃子配戏你有啥感觉？哎呀，你说嘛！"说着骑到他腿上，眼睛已经飘飘的。"好累哟，"他使劲挣开，"我好累！"然后他琢磨什么时候得找杨少娥谈谈。

谁知第二天排《探病》，杨少娥又让大家开了眼：

张生病卧在床，老夫人叫红娘去探望。红娘出来，又被小姐唤住，叫她送药方与张生。红娘绕着药方走，浑身哆嗦，半天不接。（几次伸手又缩回）

崔莺莺：接了去呀。

红娘：奴婢不敢。（她的声音也在颤抖）

崔莺莺：快接了去呀！

红娘：奴婢委实不敢！（她向后一跳）

崔莺莺：这红娘却又作怪！药方一笺，不敢是何故？快接了去，我在绣房等你回话。

红娘：小姐，小姐，（扑通跪倒）若非张秀才相救，我们一家性命早已休矣！谁承想老夫人悔婚，他已经神情恍惚，昨夜在花园又被小姐嘲弄，更是命悬一线。小姐若是再将书信撩拨，可怜的张

相公必死无疑。咱家纵是相国府第，怎生好端端地要他性命？奴婢万万不能呀！（她以额叩地，号啕大哭）

同事们噼噼啪啪地鼓起掌来。崔笑莺显然愣住了，过了一会儿才拉起杨少娥："杨老师……"

杨少娥一言不发，接过药方抹着泪退场。张渝生赶紧迎上去，"太好了，杨老师！你坐下休息一会儿！"

杨少娥却将他一推，他一愣，她指了指舞台，还泪水涟涟地瞥了他一眼。张渝生心头一紧：那样的眼神他这辈子从没遇到过。他浑浑噩噩地走到病榻前，忍不住又回头看，过门立刻响起。

红娘（场外念白）：异乡易得离愁病，妙药难医断肠人。（出场，唱）只为你彩笔题诗，回文织锦；送得人卧枕着床，忘餐废寝。好时节依韵联诗，侧耳听琴；忽变作"非礼勿动，授受不亲"。娘悔约你却将相公挂定，分明是合伙要了卿卿性命。（念白）张相公，你好傻也！

张生：门外依稀有人唤我，莫不是无常鬼提小生来也？

红娘：哪有无常要提你这样的傻……（她推门而入，顿时目瞪口呆）

张生：（滚下床来）害煞小生也！我若死呵，小娘子，阎王殿前少不得你的干系！

红娘：相公、相公如何病得这般了？（朝后躲闪）

张生：（捶胸高叫）小生救了人，反被害了！自古云"痴心女子负心汉"，今日却反其道，小娘子还帮衬着欺瞒于我，是何居心？（向前扑倒）

红娘：相公！相公！（扶起张生，泣不成声）

杨少娥的泪水滴在张渝生的额头上；他微微睁眼，杨少娥泪流满面，急切而深情注视着他。张渝生赶紧闭眼，生怕这种感觉消失得太快。

张生：小娘子可是来看小生死不曾死？

红娘：相公错怪红娘也！奴婢奉老夫人之命来看相公要什么汤药……

张生：不看也罢。

红娘：小姐亦有一药方送于相公。

张生：药方何在？（挣扎而起）

红娘止泣，瞪视张生良久，从袖笼掏出药方冷冷地递过去。张生作阅读状，忽然大笑。

红娘：相公你……

张生：不知红娘姐姐前来，有失远迎。请坐，快请上坐！

红娘：老夫人、小姐等红娘回话，奴婢不敢久留。

张生：敢问小姐可曾为小生减损风韵？

红娘：你？！……恁地死心塌地？（赌气要走）

张生：（死死拉住红娘）红娘姐姐！红娘姐姐！（跪倒）只求姐姐再传书一次，张珙愿肝脑涂地，以死相报！

红娘：（撕扯不过，回身扶起张生）你这痴心的傻汉……（背过脸去）

台下一片喝彩声。张渝生抬头，杨少娥又在流泪！他赶紧扶住她，她掩面而泣，任由他架着朝后台走。

大家都朝台上拥，张渝生用手势拦住他们，说："想练的自己练吧，正式排练今天就到这儿！"

周人奎示意大家回去，然后蹑手蹑脚地上台，还把食指在嘴巴上竖了一下。他俩远远地站着，面面相觑。

　　许久，杨少娥朝张渝生缓缓地抬起头，似有无限哀怨。在她正要说什么时猛地一惊，扭头瞪着周人奎。

　　"杨老师，好些了没？"周人奎走上前去。

　　杨少娥赶紧站起来，抹着脸低声说："见笑了……"随即匆匆而去。

　　"杨老师！杨老师！！"张渝生大叫，却被周人奎拉住。

　　"哎？她……"

　　"等一下。"等杨少娥的身影消失后周人奎才说，"小张，我看得想其他办法了！"

　　"想……办法？"

　　"她的戏恐怕有点过头了，还有……她也太累。"

　　"累？哦，这么多年不演肯定是累，可是……"剧场外已经空空荡荡。

　　周人奎若有所思："她以前演红娘也激动。"

　　"以前……也这样？"

　　"没到这一步，不过也激动。所以都说她演得真嘛！可是，这也太过了！"

　　张渝生没答话。他没感觉杨少娥的表演有什么不好，却一直在猜测如果周人奎不在场杨少娥会说什么。

　　回到家崔笑莺说："其实老演员也没什么嘛。哭成那样，还有啥子分寸哟！"

　　她也这么说！难道自己当初的决定真是一种说不清楚的冲动？张渝生惴惴不安直到夜阑人静。杨少娥的各种眼神渐次显现，浮在半空满屋子绕，挥之不去，而那双泪眼则越来越近，逼视得他无法呼吸。许久，哽咽的声音从空中飘落："相公，你好……"后半截话不甚清楚。他一下子坐起来，浑身汗津津的。天已蒙蒙亮了，崔笑莺在旁边均匀地呼吸着。

上班时间到了，可杨少娥没来，大家窃窃地议论着昨天的事，还不时扭头朝剧场后门看。"今天排《拷红》，杨老师该知道的嘛！"有人说。崔笑莺立刻说："啥子《拷红》哟？要是还有那么多眼泪，我看改演《哭长城》倒更合适些！"有人"扑哧"笑了。张渝生顿时觉得脸上滚烫，大叫道："说啥子？你还是想想自己的戏咋个演！""你说我咋演？"崔笑莺有点不屑，似乎看出了张渝生的心虚。张渝生还要在说什么，周人奎赶紧把他拉到一边："哎呀，还吵啥子吵？有办法了没？"

"有啥子办法哟？这个团你比我清楚嘛！"张渝生唯一的办法是提高嗓门。

"她要是不来呢？"

"她不来……不可能！"

"就算她来！她控制不住感情，这戏还怎么演？刚才笑莺说的是对的！"

"昨天你还说她演得真……"

"是的！我是说的！"周人奎急了却不得不压低嗓门，"这么些年了，到底什么情况哪个说得清楚？她是想演，你得想她能不能顶得住呀！你当时叫她来……唉！"

"我去看看！"张渝生忽然说。"哎，哎！我去，我去！"周人奎拉住他，"这儿怎么办？"

张渝生想起了杨少娥昨天没说出来的话。"我去！你让大家各自先练！"

7

见到张渝生，杨少娥赶紧背过身去，但张渝生还是看到了她肿着的眼睛。他还在想怎么说，她却先开口了："眼睛肿的……我没法……"

"你休息嘛，休息嘛！需要团里做啥子……"他停下，她的肩膀似乎瘦了些，"你太累了，杨老师！"

"累到还好，就是心里太堵……"她不再说下去。他就在她身后一直站着等，忽然想起了周人奎的话，"那，杨老师，下面的戏……怎么办？"

"各人先练着，到时候合起来排一下……"

"杨老师，你……"

"啥子？！"她猛地转身瞪着他，面色苍白，耳语般地说，"……不叫我演了？"

"不是，不是！杨老师，我是怕你顶不住呀！"

"顶不住？"

"我是想由你来演！一个红娘被你演到这样，真是绝了！这是我的心里话！可是杨老师，接下来的《拷红》才是重头戏！你看……我是为你……"

她看了他好一会儿，说："到《拷红》已经没啥子了噻！"

"没啥子？！《拷红》……没啥子？"

"帮他们偷情才是红娘最难过的时候！到《拷红》的时候她已经死了心，还有啥子？"

张渝生头脑里一片空白。

"她的感情经历是怎样的？"

"……怎样的？"

"她先对张生产生好感的！可她是丫鬟噻，怎么表白？只能是眉来眼去，打情骂俏；等小姐爱上张生，老夫人许下了婚事，她还得在自己的情人和情敌之间传递书信。那阵子她很没办法，但表演上不好表现。到老夫人悔婚，她心思又活动了；崔莺莺在花园斥责张生，本应让张生醒悟，可他倒为崔莺莺病得要死！红娘眼见自己的情感又要落空，还要安排他们幽会，你说她心里……"她没说下去，头扭向一边，正是头天在台上的最后一个动作。

张渝生一惊，差点拽住她的手继续演下去。她猛地回头，肿胀的眼睛里流露出一丝恐慌。张渝生立刻打消了自己的冲动，深深地吸了口气。"可是杨老师，你这样理解，能不能被大家……接受……"

"以前就是这样演的。学戏的时候李盛荣就跟我这样说，我还有点半懂不懂的……"她看着窗外，似有什么话难以启齿。

"是李老师说的？他才是真正的大师噻！"

"大师不大师我不知道，可他真正让我尝到了做红娘的滋味！到处有人请他去讲课辅导，他就到处都有了莺莺和红娘……我嫁了他以后才晓得红娘就是红娘，她永远得不到张生！"

"杨老师，那是表演嘛！"

"我以前也只是怀疑，跟他吵，到运动结束了我去找组织给他平反，他们把他的材料拿出来，吓死我了！每一个剧团里都有他的相好！外省都有！还不止一个！她们都被揪出来挂着破鞋游街！他是看到事情败露才自杀的！可我被关在农场，哪里晓得这些？还傻乎乎地去为他要求平反……"她捂着脸，颤抖不已。

张渝生惊呆了。她抽泣着说："谢谢你……来看我……我好点就去……"

"别！杨老师，你就不要再……"

"我要云！"她大叫，"我必须得跨过这道坎！"她叫得声音都裂了，随即嘤嘤地哭出了声，肩膀剧烈起伏。他一把搂住她的肩，她就势倒进他怀中。他箍紧她，在消除她颤抖的同时体会到了她的柔软。他们就那样站在房间当中，直到她啜泣完全止住。终于，她的头动了一下，似乎在找更舒服的位置；他按捺不住，俯下脑袋。"莫要……张生，莫……"她的手挡在面颊两侧，而且是兰花指！忽然她挣开了，他们瞠目结舌地对视。

"我……"他的手僵在空中。她却踉踉跄跄地冲进卧室。

他心神恍惚地回到团里。周人奎立刻迎上来："怎么说？"

"啥？"张渝生看到大家围都了上来。"她就是红娘！你们自己练自己的！"说完他就钻到办公室去了。

<h2 style="text-align:center">8</h2>

杨少娥说得不错，《拷红》排得很顺利，全剧上演也很顺利。杨少娥上了装，胖胖的、傻傻的，又目光流盼，活灵活现一个青春、多情的丫鬟。她到关键时刻依然情绪激动，但观众们看得有味。一来是杨少娥多年后复出，二来其他团没演全本的《西厢记》，所以二团没挪窝就演了三十几场。张渝生接待其他团体的"取经"都接待烦了。

临近过年崔笑莺病了，是甲亢，医生嘱咐只能静养。眼看着其他团打出春节期间的演出预告，张渝生急得团团转。文化局领导说："急啥子急？你《西厢记》在城里演那么久喽，也该让人家吃碗饭嘛！"张渝生说可我春节这一块就完了！领导说："发挥你的强项噻！"张渝生愣愣地看着领导。"到下面搞巡演！是不是你的强项？"领导在他胳膊上打了一下，"折子戏！你最拿手的！"

"嘿嘿。"张渝生笑了，"嘿嘿，嘿嘿。"

那次去杨少娥家之后，他俩还没有单独在一起过，可是杨少娥回避的目光总是令张渝生想起她喃喃地说"莫要……张生，莫……"的样子，并立刻感到血液的奔涌，所以一上车他就怎忑莫名。

红娘的再度成功使杨少娥添了几分矜持，对同事们的说笑报以微笑，但给予张渝生的始终是匆匆一瞥。同事们一直待在左右，张渝生没有机会。

带下去的是《探病》和《拷红》两折。反应也还不错，不过观众们真正想看的是幽会和团圆的事。每次演完都有当地通讯员拉住张渝生问一些相同的问题，他只好眼睁睁地看着杨少娥被各级领导簇拥着朝饭桌上去。

回成都的头天晚上，他们推说第二天赶路，早早回到招待所。"团长，我们回成都后演什么呢？"有人在上楼时问。

"你还不累呀？"张渝生说，"回去都歇着吧，过完年再说。"他遇上杨少娥的目光，这次她没有回避。

他的房间就在杨少娥隔壁，他跟着她朝走廊尽头走。她圆圆的肩膀绷紧了他的眼睛，他知道那里很柔软。她拿钥匙开门时，他站在了她身后。多么熟悉的感觉，只要伸手她就会自己靠过来。他扭头朝走廊里打量时，她却进屋关上了门。

张渝生倒在床上，杨少娥用水的声音透过墙壁，清晰得如同能看见。他坐起来再听，却听到了自己的心跳。

走廊里飘荡着打牌的嘈杂，窗户在吱吱嘎嘎地响。张渝生在杨少娥房门口深吸几口才敲了一下。

"谁呀？"

张渝生略一犹豫，又敲。

门开了一条缝，杨少娥直直地看着他。他想推，这才发现门后上着链子。

"我……"

"戏演完了，小张。"她不让他说，眼睛里是另一种眼神，似无奈，似悲哀，似解脱，又什么都不是。"戏演完了！"门随即轻轻关上，许久张渝生才发现走廊里风飕飕的。

节后的演出市场清淡得很。团里的人都闲着，杨少娥也不再露面，工资又由别人带给她。崔笑莺身体恢复了，进进出出都带着舞台上的做派。那天谢小菲由周人奎陪着上门，礼品拎了一堆。她叔叔已经下去了。崔笑莺表现得倒也有点名人大度的味道。喝了茶，谢小菲垂着眼睛说请团里再给她一次机会，她知道自己错了，今后一定要在各位老师的辅导下努力学习。周人奎说："笑莺好了，我们也歇够了，戏还得演嘛！"

谢小菲说："我是说的嘛，我们就再演《西厢记》！"

"再演《西厢记》？"张渝生一愣。

"哦！"他们一齐说。

"那……谁扮红娘？"他又大声质问，"谁扮红娘？"

他们面面相觑，他却又一次想起县招待所的走廊非常寒冷。

（完）

汗　手

　　刘浩民以前根本没听过"汗手"这个词。他谈的第一个女朋友叫韩芳，就在大家夸他们般配时，韩芳跟他吹了。

　　"她说我……汗手。"他说。同事们都觉得不可思议，但他神情恍惚的样子使人无法再问。后来有人悟出来了：汗手就是紧张，这年头女孩放得开，忘情时谁能忍受毫无章法的湿漉漉的手？他们由此断定刘浩民和韩芳曾相当亲密，但没上过床。

　　技术部里大多是过来人，其中三人离过婚，仅大杨一人就离过两次。几天后，三个离过婚的围住刘浩民，大杨说："小刘，关键时刻不能肉，摸两下赶紧把事情办了，可你摸出汗了还摸，她不跟你吹跟谁吹？下次可得吸取教训！"

　　"我没有……"刘浩民脸涨得通红，"我就是汗手！"

　　"得了吧。你现在手上怎么没汗？"他们掰开他的手，"这个是干的！这个也是干的！"

刘浩民嘴巴张几下，竟没说出话来——他也在问自己同样的问题。

从那以后，刘浩民又谈过好几个，朋友介绍的、父母同事的孩子、"都市红娘"收一百包见三十个的，都比韩芳差得远。有两个稍稍有点韩芳的意思，偏偏他手心又冒汗了，越想越冒，整个手掌像浸过水一般。她们见他扭捏，主动挽住他，又猛地缩回去，"你怎么？！"

不用说，再打电话就约不出来了。那个万小姐心直口快："小刘，你人不错，真的，但婚姻不是一天两天的事，一旦定下来，有些东西我就得承受一辈子，你说对不对？"

一晃刘浩民过了三十，妹妹的小孩已在幼儿园上中班。母亲急得跟什么似的，到处托人，她求人的方式渐渐变成了诉苦："光听说汗脚的，怎么我偏偏摊上个汗手的？"刘浩民听到这话，立时吼了起来："汗手怎么啦？这又不是错，干吗说成那样？今天我把话说清楚，我的事不要你们管！"居委会老太赶紧告辞，母亲气得回房间抹了半天泪。

家里饭桌上的话少了。刘浩民看新闻联播时，父母一言不发，等他一进小房间，他们赶紧换到连续剧，随即嘀咕起来，像是憋了很久。

这些话刘浩民都听见了，他也没法。谁愿意每天晚上都在家待着呢？交往过的女孩在台灯下隐现，尤其是韩芳的笑脸。等他回过神来，手心里总是一层汗。

"我怎么就迈不过这道坎呢？"

大杨又恋爱了，打电话、发微信忙个不歇。偏偏他负责的一家外地企业设备出了问题，电话一个劲地打到他手机上。对方是个女的，差点搅了他的局。大杨给了她一通长途臭骂，人家立刻把电话打给了经理。

"我跟他们解释了！"第二天大杨对着经理叫，"她笨得像猪，而且他们那里没有一个明白人！"

"全世界就你一个明白人！"经理也在咆哮。

刘浩民怯怯地说："要不……我去？"

整个技术部都瞪着他。"对！就让小刘去！"大杨气呼呼地说，"都该去那里感受一下！"

技术部的人成天朝外跑，但刘浩民的客户都在本地，主要是因为他办事肉，怕他不能独当一面。大杨的话没错，第二天刘浩民就尝到了厉害。其实他头晚上就到了，可看门老头一问三不知，他找便宜的旅店就花了一个多小时。隔壁进进出出都是野鸳鸯，一拨走了一拨来，动静清楚得像是能看到一样，到后半夜才算清静了，他却口干舌燥地到处找水喝。

第二天，他醒晚了，匆匆赶到那单位，上上下下的人都瞪着他。"你们公司没倒闭呀？"一个打扮艳俗的姑娘说，显然就是把大杨气得乱跳的那个。刘浩民不敢接茬儿，赶紧检修设备。

是程序被他们弄乱了，没到中午刘浩民就完成了调试归位。

"好了？"那姑娘斜着眼看他。

"好了。"

"到底是什么问题？"

"你们把程序弄乱了。"

"怎么又是我们的事？"她叫了起来，"我跟你说，程序要是乱了也是你们设备的问题！"刘浩民想解释，但她根本不让他说句完整话。其他人见问题已经解决，纷纷吃饭去了，那姑娘却没有休战的意思，既不倒水也不叫他休息。刘浩民忍饥挨饿跟她解释。等到其他人重新上班时，他们还在翻来覆去说同样的话。

他走出来的时候，几乎没人理他，这跟在省城上门服务简直不能比。他就近找家拉面店，一碗下肚只出了点汗。"再来一碗！"他叫，随即愣住。那个姑娘站在门口，直直地瞪着他。

面条是同时上来的。她只吃了半碗就放下筷子，抓紧描眉画眼。付钱时她倒是客气了一下，听说没发票又缩了回去。

"按说该我们请你，"她看着刘浩民付了钱，"但我们单位没食堂，再说你们设备的质量的确不咋的。"

"哎呀！我说了多少遍了，设备是好的！你看我换一个零件了吗？就是使用不当的问题。"

"那不就是我的责任了吗？我负责照管这些设备！"

刘浩民看着她描画过分的眼圈想，不是你的责任才怪。

"我一人管几台设备，你们的设备设计上就跟其他公司的不一样，谁弄得清哪对哪呀？"她避开他的眼睛。刘浩民想起了大杨对她的评价。

刘浩民回来，大杨笑得合不拢嘴，"这下好了，呵呵，小刘也可以出差了，呵呵。"

"怎么，你要退休？"经理说。

"退休干吗？我准备度蜜月呀！"大杨一点都不尴尬，忙不迭发微信去了。

大杨的蜜月是婚假加五一长假再加调休，给人的感觉是再也不回来了。技术部又招了新人，刘浩民改跑外地。设备故障总是那些，各地招待厚薄不均，但没人知道他还是单身，更没人知道他是因为汗手而单身，他多了一份自在。

进入黄梅天，设备故障率特别高，刘浩民东奔西跑如同消防队。一天，他在外地接到一个自称小孟的电话，声音压得极低，好半天刘浩民才弄明白她就是那个打扮过分的姑娘。

"能麻烦你来一趟吗？你悄悄来，别让人知道，所有费用我出。"

她的话让他吃惊。当时他离她只有几十公里。"我负责的设备全趴下了，弄不好我就要被辞退，"她带着哭腔说，"求你帮个忙吧。"

原来如此。刘浩民想起了上次的遭遇，把到嘴边的话咽了回去。

他赶过去，小孟为他订好了旅馆，一见面就请他吃饭。刘浩民忙了一天，正饥肠辘辘，又要酒又要菜，吃得狼吞虎咽。小孟没一点胃口，心神不定地等他扫光了几个盘子，说："不知道公司里的人走光没，我得先进去看看，你在大门外等一下。"

"这么严重？"

她没说话，很不是滋味地看了他一眼。刘浩民忽然觉得自己过分了。

除了看门老头谁都不在，他们一声不吭地进了办公室。这个季节的故障都差不多，刘浩民把机器打开，用电吹风吹了一会儿，再试一下。

"好了。"

"这就好了？"

"是啊，一上班就得把机器开着，晚上最好不断电。"刘浩民的脸直发烫，"我帮你把其他设备也看看吧。"

她愣了半天，"就是说你事先知道是这个问题。"

他不敢抬头，"故障谁都说不定……"

"可你带着电吹风，你们以前从来没带过！"

"你又要吵架？我是专门赶来的！"

她瘪了。

其他设备刘浩民不熟，七捣鼓八捣鼓弄到将近十点，总算都能正常运行了。小孟松了口气，愧疚地说："你，饿了吧？"

"我请你吧。你刚才没吃东西。"

她瞪了他半天才点头。刘浩民发觉她不化妆比化妆好看。

这回轮到她胃口大开，刘浩民看着她吃。她忽然不好意思起来，两个人都笑了。

步行回旅馆时，他们知道了彼此都是单身。她说："你有技术，人又厚道，怎么到现在还没结婚？"

他欲言又止，最终还是说了实话："我汗手。"

"汗手？"

他在昏暗的路灯下把手掌摊给她看，但手心只有一点汗。

"就这？"

"以前比这厉害得多。"

她默默地跟他到了旅馆门口，不知在考虑什么。他说："你明天一早给我们经理打个电话，他肯定叫我顺路过来，我的路费就可以回去报销了。"

"啊？"

"旅馆费我就自己出吧，以后找个机会报。"

"那怎么行？是我请你来的。"

"我们的效益不错，再说还有出差补贴。"

"可是，车票上的日期不对呀！"

"哪有人管那么多，反正都在路上。"

她过了一会儿才说："你先头说的是我听到的最离奇的事，我是说汗手，她们要是就为这个跟你分手，那太不值了。"她的神情难以捉摸，刘浩民不敢请她上去坐。她走后他看着自己的手心道："嘿，今天怎么偏偏就不出汗呢？"

第二天，他还在洗漱，她就到了，经理的电话就在这时打来，叫他火速赶往他现在所在的地方，并要他立刻通知小孟。"你该把你的电话留给客户，而不是让他们为这点屁事找我！"经理气恼地说。

刘浩民用毛巾捂着嘴记录，小孟一看他是在写自己的名字和号码，"扑哧"笑喷了。刘浩民赶紧挂断电话，两人笑得前仰后合。

小孟要去上班了，刘浩民要她中午过来一起吃饭。

"那你一上午干什么？"

"我……等你。"

她一句话没说就走了，脸红得像一块布。

她到底答没答应？我不会太冒失吧？刘浩民在小小的房间里踱来踱去，满脑子都是她匆匆离开的样子。她会回来吗？白天没有电话骚扰，隔壁也死一般的寂静，后来他才发现自己手是干的，而过去交往过的姑娘一个都想不起来。

终于响起了敲门声，她红着脸站在门口。

"你……"

"唔？"

她朝他的手看。

"没有。你看。"

"为什么？"

"不知道。"

"因为我们是从吵架开始的。"

刘浩民半天说不出话来。她的脸又红了。

　　"进来吧。"刘浩民扶住她的肩，她迟疑一下，随即一切都乱了套。事后他尴尬得不知该干什么，她却幽幽地说："昨天我就知道你说的是真的。你想叫我上来，却不敢开口。"

　　"我说的什么？"

　　"你汗手呀！就是紧张。"

　　刘浩民此刻正汗流如注，赶紧看自己的掌心。嘀，没有一点汗！

　　回来后，刘浩民成天打电话、发微信。大杨他们开始笑他："说不定外地人不计较汗手，到底你是大城市户口呢！"

　　"什么呀？我早就不汗手了！"

　　"你不汗手了？"经理说，"那你也该结婚了？"

　　"我正要跟你说，我准备国庆节请婚假。"

　　"好，好。"经理随口道，又忽然叫起来，"啊？国庆节？那不又得招人了吗？"

　　经理一走，他们都围上来问长问短。刘浩民笑而不答，举着摊平的手掌在他们面前晃。